U0902262

我的才华不是拿来取悦你

西门君
——著

青岛出版社
QINGDAO PUBLISHING HOUSE

图书在版编目（CIP）数据

我的才华不是拿来取悦你 / 西门君著. — 青岛 : 青岛出版社，2020.3

ISBN 978-7-5552-8500-7

Ⅰ. ①我… Ⅱ. ①西… Ⅲ. ①散文集－中国－当代 Ⅳ. ①I267

中国版本图书馆CIP数据核字(2019)第198985号

书　　名　我的才华不是拿来取悦你
著　　者　西门君
出版发行　青岛出版社
社　　址　青岛市海尔路182号（266061）
本社网址　http://www.qdpub.com
邮购电话　010-85787680-8015　13335059110
　　　　　　0532-85814750（传真）　0532-68068026
责任编辑　李文峰
特约编辑　崔　悦
校　　对　张玉霞
装帧设计　李红艳
照　　排　李红艳
印　　刷　三河市良远印务有限公司
出版日期　2020年3月第1版　2020年3月第1次印刷
开　　本　32开（880mm×1230mm）
印　　张　9
字　　数　180 千
书　　号　ISBN 978-7-5552-8500-7
定　　价　39.80元

编校印装质量、盗版监督服务电话　4006532017　0532-68068638
建议陈列类别：畅销·励志

CONTENTS
目录

CONTENTS
目录

/ 第二章 /

我有子孙满堂的愿景，也有孤独终老的觉悟

CONTENTS
目录

/ 第三章 /

最好的爱情，是我和你情同手足

CONTENTS
目录

/ 第四章 /

新时代情侣“黑话”指南

CONTENTS
目录

/ 第五章 /

你的英雄之所以盖世，不过是因为你的世界太小

CONTENTS
目录

/ **第六章** /

我把你当朋友，你把我当流量

CONTENTS
目录

/ 第七章 /

没意思的不是工作，是你

CONTENTS
目录

/ 第八章 /

父母是我们今生今世最大的负担

CONTENTS
目录

/ 第九章 /

你不是金子，就别老想着发光

CONTENTS
目录

/ 第十章 /

我的才华不是拿来取悦你

自序

不知不觉，我的微信公众号“西门君不吐槽”已经运营两年半了，期间也曾发生过江郎才尽的窘迫，但是在读者们的鼓励下，我还是选择把这个号做了下来。

至于当时开设公众号的契机，说起来也挺“邪门”的。

三年前的某天，我生了一场大病。我告诉自己，如果能挺过去，就开一个公众号。后来，我兑现了对自己的承诺，并且由于种种原因，我辞去了浙江卫视的导演的工作。

我不是一个特别会攀缘附会的人，所以在电视台这样的事业单位，很难混得开。

在离职后的两个月里，我反复问自己一个问题：我的人生，就这么认输了吗？

答案是：不可能。

因为我是一个从不轻易认命的人，无论是读书的时候，还是现在。

初中时候我被同寝室的人欺负，寒冷的冬夜，我一个人至少要打两瓶热水。

直到有一天，“寝霸”捧着一本校刊踱向我，假装凶狠的样子问道：“这篇文章是你写的？”

“对啊。”

“小子，文笔不错。以后不欺负你了，教我写作文吧。”

后来，我终于可以少打一瓶热水了。

无独有偶，高一时隔壁班有个女生，某天突然跑到我面前说：“你是文学社的西门？挺喜欢你写的文字的，交个朋友呗？”

我渐渐发现，虽然我没有什么过人的才能，但是在舞文弄墨上多少有点天赋。

从某种程度来说，写作之于我的意义，就像翻花绳之于大雄。

关于高中，还有一件令我记忆犹新的事。有一段时间，教学很烂的 W 老师总在课堂上给我们下马威。正值青春期的我，压根理都不理她，只管低头看自己的书。

她轻咳一声后，拔高音量说道：“有些同学啊，上课就爱看闲书。我奉劝这位同学一句，少看一点，对你的成长没什么好处的！我说的就是第四排中间的那位同学！”

所有人都把目光投向了我，有些人准备看我的笑话，有些人则替我捏了一把汗。

在众人的注视下，我掏出了一本《卡夫卡短篇小说集》。

W 老师脸一绿，没收了我的书后迅速转头，结结巴巴地说了一句：“下……下课来我的办公室！”

下课后，我屁颠屁颠地走到 W 老师的工位前，乖乖立定。她把书还给了我，顺手又给我一张购书卡：“卡夫卡的书，还是回家看吧，那样才能看得深。对了，我看过你写的杂文，观点很犀利。你的思想比同龄人要深刻一点，这很难得，接着加油吧！”

那一刻，我突然讶异地发现——原来做一个和文字打交道的人，是会赢得这世界的温柔的。

开通公众号之后的两个月，我一直在思考一个问题——我的公众号定位，到底和别人有什么不同？

有一晚，一位读者在后台问我：“西门君，我发现自己没法喜欢上别人，别人都说我有病。我……真的有病吗？”

听到此话，我如坐针毡。忽地想起林清玄先生在他的书里提过一种鸟，叫作“查塔卡”。

它们只在雨天唱歌，只饮雨水。如果很久没下雨，查塔卡就会停止歌唱。如果更久没下雨，查塔卡就会集体死亡。

鲜有人能理解查塔卡，就像鲜有人能理解同性恋、不婚族、Lithromantic（性单恋）、丁克夫妻……

他们和普通人并无不同，非说有什么不一样的话，他们只是特殊了一点点。可是这个社会许多不友好的舆论，经常把他们压得喘不过气来。

就像你们听到“西门”二字，第一个想到的就是“西门庆”，对吗？

可我，偏要直面所有刻板印象和教条主义，我取名“西门君”就是要让所有人知道，不是所有姓西门的人，都是西门庆。

《深夜食堂》的男主角靠美食治愈他人，《从你的全世界路过》的陈末靠声音治愈他人，而我，选择靠我最擅长的文字治愈他人。

虽然你可能喝到碗底才发现，这是一碗毒鸡汤。

但是，那又何妨？管它是不是毒鸡汤，只要它能够暖和你的胃，别犹豫，痛饮便好。

第一章

有你真好，没你也行

让我用四个字形容爱情就是，“重在参与”。

——静岛

你不喜欢我的样子，真的很迷人

OI

“我甩了 ×××。”听到小妮说出这句话的时候，我还以为自己的耳朵出毛病了。

“那个你追了五年的学长？他跟你表白了？”

“对，在我几乎快要放弃的时候，有一天他突然约我出去吃饭，然后无比温柔地说了一句‘其实这么多年，我对你也不是毫无感觉的。以前是我错过了你，从今以后，我不想再错过你了’。”

“那你应该高兴啊！怎么又放手了呢？”

“一开始我确实感到又意外又惊喜，但是随着交往的深入，他在我心中完美的形象一点点地崩塌了——原来他也会说脏话，也会想着和我发生关系，肚子上也会有肥肉。我真的接受不了啊！”

“这……”我一时无言以对。

“最重要的是，我受不了前段日子还对我冷若冰霜的一个人，转头就成了无微不至的暖男，甚至……还有点黏人。”

小妮皱了皱眉头，眼神里充满了芜杂的情绪。

“Lithromantic（性单恋）。”我轻声地嘀咕了一句。

“什么？”她不解地看着我。

我说：“你就是典型的 Lithromantic。”

02

“知道一种叫Lithromantic的性取向吗？就是你对某个人产生好感后，当他对你有同样感情后，你就会讨厌这种感情，甚至不再喜欢他。”

“Lithromantic”翻译成中文，叫作“性单恋。”

第一次听到这个概念的时候，我整个人是蒙的。若是自己暗恋的男 / 女神反过来倒追自己，烧高香庆祝都来不及，居然还会残忍地拒绝对方？怎么可能？

直到后来，我看了一部名字叫*Closer*（偷心）的电影，这才意识到“性单恋者”在这个社会的存在。

电影的主人公丹，样貌英俊、讨女人喜欢，是一个脆弱而敏感的人。他懂得爱、追求爱，但其实，他不相信爱。虽然他爱安娜，也爱爱丽丝，但他最爱的，还是自己。

丹算是渣男吗？严格意义上讲，他不算，他只是不知道怎么发自肺腑地去爱一个人而已。他一定也想过和爱丽丝厮守终身，只是他心里的那层业障，无法轻易地被抹去罢了。

“性单恋者”的爱情，难以用世俗的恋爱观去解读和评判。与其说这是一种性取向，不如说这是一种后天的认知偏差。这种认知偏差往往始于单恋者一方，他们会从自己的角度去仰视对方的优点，在几乎完美的自我幻想中获得高潮。

但当对方给予回应，反向示爱时，性单恋者会在察觉到对方的缺陷和软肋之后，表现出极度反感的情绪，严重的甚至还有恶心的感觉。当然，还有一种可能是他们认为“自己配不上对方”，接受这段恋情会“亵渎”了对方。用《壁花少年》中的一句台词描述就是：“我们只接受自己认为配得上的爱。”

“性单恋”的成因有很多，比如多次表白被拒后失去信心、自身条件不足而导致的自卑、受过感情创伤而留下了阴影……

对于性单恋者而言，喜欢的人就像镜中花、水中月，是挂在苍穹中的璀璨的星辰，只可远观，不可亵玩。

至于在一起什么的，拜托，想都不敢想好吗？

03

心理学家把人们在亲密关系中的表现分为四种：依恋型、回避型、矛盾型和混乱型。

矛盾型的婴儿，会因为母亲的离开而极度焦虑，但是当母亲回家的时候，他们又会表现出难以解释的冷淡。

具有这种矛盾性格的人，长大便有可能成为性单恋者。

与其说性单恋者渴望占有自己喜欢的人，不如说他们更享受追猎的过程。众所周知，人们看到喜欢的人时大脑会分泌多巴胺，于是我们便会心跳加速，热血沸腾。大多数人是在得到爱人芳心的那一刻，多巴胺分泌达到最高点。而性单恋者恰恰相反，越得不到就越想要，而倘若真的得到了，便心生倦怠之意。

毫不夸张地说，当性单恋者爱上一个人的时候，悲剧就已然埋下伏笔了。

《马男波杰克》里有一句台词说得特别扎心："看到一个人真实的样子，其实会让人觉得很亲切，但那种亲切的感觉并不好，就像看到你妈妈哭一样。看到有些人的真实样子，会让你觉得很难过，好像他们幻灭了。"

我曾经在网上看到过一个性单恋者发布的帖子，题目叫作《我受不了我喜欢的人在我面前放屁》。是的，他们害怕自己心目中那个完美无瑕的人，其实最真实的样子，也同自己一般不堪。

除此之外，性单恋者习惯了做感情中的弱势一方，习惯了用滔滔不绝的爱来滋润对方，习惯了把悲伤独自咽回肚中。要是突然有一天，对方告诉他们："我们对调一下，你来做强势的那方，换我来喜欢你。"这种身份上的强行扭转，是有可能让性单恋者的三观直接崩塌的。

萧伯纳说过，人生有两种悲剧，一种是没能得到心爱之物，另一种是得到了。

也许，得不到的才是最好的吧。因为得不到，才有了近乎完美的臆想。为了这个臆想，人们情愿肝脑涂地，赴汤蹈火。而一旦臆想成为现实，他们也许就会像“马男”说的那样，有种幻灭的感觉。

如果可以，请你接受我的爱，但不要接受我。因为你不喜欢我的样子，真的很迷人。

我在探探上刷到了前女友

01

昨天杭州天气不错，下午我一个人在运河边瞎溜达，走得两腿酸痛之后，我坐在长椅上歇了歇脚。刷完朋友圈和微博，一阵百无聊赖的感觉向我袭来，唆使我打开了多年没用过的探探。

“这个小姐姐好好看，那个小姐姐的腿好长！”我一边右滑，一边忍不住地感慨。

滑着滑着，一个熟悉的面孔把我吓了一跳：“我的天，这不是Elena吗？”

Elena是我前女友的名字。

我揉了揉眼睛，确认自己没有看走眼——这仿佛被狗啃过的刘海，怎么修图还是很明显的婴儿肥，加上非主流的手势，绝对是她！

问题来了，我要不要右滑？

“算了吧，都是前任了，你还想啥呢？再说了，万一匹配失败，多丢人啊。”

“自信点儿，万一匹配成功呢？说明我魅力不减，人家还对我念念不忘呢！”

两个声音在我脑海里同时涌现出来。经过一番激烈的思想斗争后，我还是选择了右滑。

然而，并没有显示匹配成功。

一阵芜杂的情绪掠过我的心头，淡然中透露着些许无奈。

“也许，她只是还没有滑到我吧。”我憨笑着自言自语道。

这时，从我面前经过一个五十岁左右的大妈，她瞟我的眼神像是在看地主家的傻儿子。

02

我曾经问过前任，为什么微信名叫作 Elena。她说：“公司里的人都是用英文名互相称呼的。我的中文名土土的，英文名当然要有格调了！”

“那你可千万别叫我的英文名……”

“你英文名叫啥？”

“Ben……”

因为这个 Ben，我被她嘲笑了一年多。

我和 Elena 在一起的时间并不算长，所以令我印象深刻的甜蜜往事并不多，晚上给她讲故事哄她入睡算是其中一件。她的睡眠质量很差，经常大半夜给我打电话。虽然有时候特别不爽，但是没有办法，自己的女朋友，我不宠谁宠呢？

分手以后很长一段时间，我午夜几乎写不了任何文字，生怕想起她。

我打从心里清楚，这份睹物思人的怯懦，无关痛痒，也不掺杂任何所谓的残情。我只是在等待一个习惯慢慢自行消退罢了。

这就好比，我看到家楼下的早餐店拆了，懊恼了一分钟后，便没心没肺地接受了这一事实。

也许，这就是放下了吧。

诚如网上一段鸡汤所言：分手的真正结束，不是看一个人的回忆有多长，而是看悲伤有多长。等有一天，你再回忆起这段关系的时候不会感到悲伤，也没有其他的抵触情绪，这段关系才算是真正结束了。

03

不知道从什么时候开始，在自媒体大行其道的时代里，骂前任成了一件“政治正确”的事。

“一个合格的前任，应该和死了一样。”

“前任和狗掉水里，我会去救狗。”

如果一篇文章抒发了对前任的怀恋，作者一定会被粉丝们强烈抨击：

“分都分了，你还对前任依依不舍是几个意思？怎么？念念不忘还琢磨着必有回响呢？”

所以你会发现，几乎每个情感号都曾吐槽过前任。

然而，西门君就想弱弱地问一句："恋爱的时候天雷地火，分手之后却用各种难听的字眼抹黑前任，朋友，你的良心不会痛吗？"

现代男女关系中一个很讽刺的现象是，互撩时候说的情话，远没有分手后甩的狠话多。

两人分手后，彼此间最恰如其分的态度是什么？这确实是个难题。

说记得吧，显得太浪荡；说早忘了，又显得太薄情。

在我眼中，前任就好比我走路时踩到的一颗钉子，很痛，以后我走路都会提防着路上的钉子，绕道而行。可能很久以后，我已经不记得当时踩得有多痛了，然而那根钉子，永远都在。

很喜欢《树上的父亲》里的一句话：放下一个人不是要你忘了他，而是换一种不折磨自己的方式去想念。

04

就个人而言，我是没法和前任做朋友的，因为实在掌握不好合适的距离。

在一起的时候，我可以牵着她大摇大摆地过马路。可现在，车子从远处驶来，我的本能告诉我应该搂住她，可我的理智大呼这样不妥……我应该怎么办？

薛之谦的《绅士》中有一句歌词特别哀伤：我想给你个拥抱，像以前一样可以吗？你退半步的动作认真的吗？小小的动作伤害还那么大。

哪怕再次相见，彼此也已是最熟悉的陌生人。为了避免尴尬，还不如再也不见。

当然，你要我恨她，也是恨不了的。因为恨自己爱过的人，是对那段美好时光的一种污蔑和践踏。就像《分手男女》里面说的那样：不要去恨一个你爱过的人，不要追问分手的理由，不要恳求复合的可能。转个身，让自己快乐，那才是最真的。

Elena，衷心希望你过得比我好，但是……也别好太多。

世上哪有“直男癌”，他不喜欢你而已

01

好友雯雯经常跟我吐槽自己的男朋友小楚是个“钢铁直男癌”，不懂怎么哄人。

印象最深的一次吐槽，令我啼笑皆非。某天雯雯来“大姨妈”，疼得在床上打滚的时候，正好她的快递到了，而且还挺重的。她强忍着疼痛把包裹抱上了楼，一边瘫倒在床上，一边给在外地的男友打了通电话，本想求点安慰，结果你们猜她男友说了什么？

“666，我的宝贝不愧是女汉子！”

如果我是雯雯，可能早就给对方一巴掌了。

“这次他更过分。”雯雯发来一堆微博的截图给我，“你看，这个微博是他前女友的账号，他有事没事就和她互动，甚至为了避免引起我的怀疑，还设置了‘悄悄关注’！”

我翻了翻那个女人微博下面的留言，一股暧昧的气息扑面而来。

“一个人出去玩要注意安全啊。”

“生日快乐！送你的圣罗兰口红喜欢不？”

“你是不是瘦了？这件衣服很合适你啊。”

一行行留言看下来，我的笑容逐渐消失。这还是雯雯口中那个不懂体贴人的“直男癌”吗，这分明就是一个行走的“大猪蹄子”啊！

人前是憨厚老实的猪八戒，人后就成了风流倜傥的天蓬元帅，两副面孔把雯雯耍得团团转，我真是服了。

以前我们总是安慰雯雯：“他不懂安慰你只是不知道怎么表达比较好，他没回你消息是有其他的事情在忙，他和你吵架可能是最近压力太大了……总之，你还是他无可替代的心头肉啦。”

可是事实上，除了雯雯，我们几个朋友都清楚一件事——这世上哪有“直男癌”？不过是他不够喜欢你罢了。

02

以前办公室里有个程序员，我们叫他刚哥，他是个典型的理工男，大家只知道他有个女朋友，却从曾见过其庐山真面目。我们有时候严重怀疑，他的人生字典里压根没有“情调”这个词条。

某次吃饭聊天的时候，大家起哄说想看看刚哥女朋友的照片，他直接来了一句：“我真没有，连合照也没有，而且她的朋友圈是三天可见的。”

刚哥入职一年多了，他女朋友的长相仍旧是未解之谜。

今年情人节的时候，大家八卦地问他给女朋友准备了什么礼物，他耿直地回答道：“女朋友说情人节不需要什么礼物，两个人开心就好。”

大哥，是个傻子都能听出来你女朋友只是假撒娇吧？

就在我以为他真的是“直男癌”的时候，却在某天刷朋友圈时刷到他和一个女生合拍的艺术写真照，那姿势、那眼神，绝对是情侣无疑了。

我揉了揉自己的“钛合金狗眼”，反复确定自己没有备注错人名。

在我们的逼问下，刚哥坦诚这是他刚交往一个月的女朋友。我们一脸蒙地说道：“刚交往……一个月的……新女朋友。”

让我们震惊的还不只这事。

从前刚哥在朋友圈发得最多的是游戏战绩，而现在，除了工作周边，百分之八十都是和女朋友的温馨日常。

从前他常常是下班走得最晚的一个，现在却经常硬着头皮和老板申请要回家加班。甚至从前分不清化妆和素颜区别的他，最近也会来问办公室女生，近来最热门的口红是什么。

“我们直男不懂这些。”如果有男生和你说这话，千万别信，这是世上最大的谎言了。他们只是装作不懂，或者懒得去懂而已。

为什么？很简单，因为“你”不值得啊。

03

李碧华在《胭脂扣》里说，真实的东西是最不好看的。确实如此，因为真相往往都是锐利且不堪的。

这也是为什么，许多姑娘宁愿粉饰自己男人漏洞百出的借口，也不愿面对对方已经移情别恋的事实。

“他不是不爱我，他只是没有浪漫细胞，一定是这样的……”这种自我麻痹的话语，你一定曾经也说过。

经典的爱情电影 *He’s Just Not That into You*（《他其实没那么喜欢你》）中，酒吧老板 Alex 曾一针见血地告诉女主角 Gigi 一个真相：“如果一个男人不打电话给你，对待你就像他毫不在乎一样，那么他是真的完全不在意你的，没有例外。同样地，如果一个人想见你，相信我，他会来见你。”

Gigi 委屈又伤心，但还是抱着一点希望继续追问道：“但如果我就是这个例外呢？”

酒吧老板 Alex 立马摇头：“不，你不是，根本不是。事实上，你是个典型。”

有多少次，你以为对方很喜欢自己，只是不知道怎么表达，对方每次漏回的信息，吝啬的赞美，从不迁就的态度，都被你一次次自我安慰地无视掉。以为自己是被人爱着的感觉太过美好，好到你不愿打破这个“梦”。

然而故事的结局，大多证明你的爱情其实只是皇帝的新装——而且你还不愿做那个直面现实的小孩。

如果你有个每分钟跟他说话都要原谅他三十次的“直男癌”男友，别以为这是他的天性，他就是单纯不喜欢你而已，千万不要勉强自己和他凑合。

真正爱你的人，哪怕无法读懂你的心，也会铆足劲揣测你的言外之意。

请你告诉我，分手几天再谈才不会被喷

01

我的微博好友 Abby 是一个秀恩爱狂人，经常动不动就刷屏。

“今天男朋友带我去吃旋转餐厅了，开心！”

“你送的圣罗兰口红，我超喜欢，么么哒。”

……

还能不能给我们这些“单身汪”留点活路了！

说实话，一开始我确实有屏蔽她的冲动，但是一想到还得充微博会员，也就作罢了。

然而过了个把月后，我惊愕地发现，Abby 依旧在习惯性地秀恩爱，只是旁边的那个男生……好像换人了……

八卦的我点进了她的主页，过滤掉那些腻歪的聊天记录，有一条微博让我感慨良多——“请你们告诉我，分手几天再谈才不会被喷？”

我大概可以想象，她“无缝对接”的举措，招致了许许多多的猜疑和谩骂，万般无奈之下，她只得发了这条微博表明自己的态度。

经典电影《真爱至上》里有一句台词是这么说的：当你想要和某人共度余生时，你只会希望余生快点开始。

当你离开了错的人，想尽早和对的人拥抱真爱，这无可厚非吧？

我不确定 Abby 是否有足够的勇气去熬过流言蜚语，但可以确定的是，合影上她和现任露出的笑容，是一种斩钉截铁式的幸福。

02

冒哥和小洁分手的时候，我的内心是蒙的。想当年哥儿几个都追求窈窕淑女，均以失败告终，最后反而被半路杀出的冒哥抱得美人归。

你分手就分手吧，让我不能忍的是，分手没隔几天冒哥就有了新欢。

有一天我和冒哥网吧“开黑”、玩“王者”的时候，我各种花式“送人头”给对面，彻底激怒了冒哥。

“你这是什么意思？”他猛地站了起来。

“没什么意思，我‘菜’不行吗？”我别过头去，给了他一个不屑的眼神。

我俩沉默着对峙了足足有两分钟，最后他摔“机”而走。

晚上我接到一个电话，一看联系人，冒哥。

“喝酒来不来？我请。”

“不去。”

“外加一顿小龙虾。”

“在哪？”

我打车到夜宵摊的时候，发现冒哥正一个人郁郁独酌着。

他朝我打了个招呼，然后递了个开瓶器过来。我略带尴尬地开了瓶酒，默默地自罚了一杯。

“冒哥，今天下午不好意思，是我冲动了。”

他朝我摆了摆手，表示不用放在心上。

“对了，我和你说个事。”

“什么？”

“虽然你们可能很难相信，但真相是，小洁劈腿了。”

我怀疑自己的耳朵失灵了，刚斟满的杯中酒一下洒了半桌子。

“小洁的事过去了，我不想再提。现在这个姑娘，早几年就倒追过我，她是真心喜欢我，一直在等我回归单身。我现在离开伤害我的人，和她在一起，怎么了呢？”冒哥一边叹气说着，一边擦拭着桌面。

我看着他五味杂陈的神情，一时语塞，只得埋头咀嚼着小龙虾。

俗话说，当局者迷，旁观者清。事实证明，这句话大多时候是扯淡。

旁观者不清楚真相，没有经历过事件双方的爱恨情仇，有什么资格去揣测甚至去评判当局者看似荒唐的选择？荒唐的，明明是旁观者啊。

03

对于在工作和感情上“无缝对接”的做法，说实话一开始我也难以苟同。但是后来渐渐地理解了，工作上“无缝对接”不过是为了生计，感情上“无缝对接”也自有其苦衷。

如果可以保持连绵不绝的幸福，谁还会愿意换来换去的？

可总有“道德卫士”们，占领道德的制高点，对于一切他们看不惯的痴男怨女，挥斥方遒，指点江山，口诛笔伐。

像 Abby 和冒哥这样几乎没有空窗期的行为，绝对会被他们扣以“生活不检点”的帽子。

对于这些“道德卫士”，我特别想心平气和地说一句：“人家自己的私生活，关你屁事啊！”

况且我想问，一周的空窗期算太短？半年呢？半年又可以了？那到底具体分手后过多少天，我谈一段新恋爱才不会让您觉得随便呢？

很多人恋情结束，没能及时接上新轨，恐怕是因为根本没有新轨让他接吧。

花希在《奇葩说》里讲过一段特别令人有共鸣的话：“人生吊诡的地方在于，你往往最心动的时刻，都是在没有准备好的时候遇到。而当你准备好一切的时候，很难找到当时心动的那个瞬间了。”对啊，一生之中，我们真正怦然心动的时刻少之又少，加以珍惜，何错之有？

我一直坚信，人生是由一个个节点的幸福组成的。每一段恋爱之间，应该是彼此独立存在的。旧爱于我，我于旧爱，都是过去式。而在新欢面前，我是崭新如初的自己。

“人言”有什么可怕的，错失真爱才可怕。

《与往事说再见》里有一段是这么说的：“爱是在悬崖上走钢索。

尽头有一个温柔而平静的声音说：‘往前走，继续往前走，不要怕，你会到的，我就在这儿。’”

在我看来，从旧爱迈向新欢的人，都是走钢索的人。只有搁下了往昔的枷锁，才能避免自己粉身碎骨的结局。

无论钢索是长是短，走钢索的人都不应该受到指责。毕竟，他们明知牺牲后会坠入万丈深渊，却依旧选择了一往无前。

而我们，谁又不曾是走钢索的人呢？

男朋友送我的SK-II是“拼”来的

01

“西门君，你给评评理，这件事是不是我小题大做了？”我在后台收到了这样一条来自读者的留言。

“怎么了？”

“上个星期我生日，男朋友送了我一套SK-II的套装，起初我还特兴奋，但拆开包装我就傻眼了，虽然外观和正品很像，但是仔细一看，明显是山寨货。我压抑住情绪，试探性地问男朋友是从哪儿买的，他笑着和我说：‘前段时间我看到同学群里有人在拼SK-II的单，一看价格还行，就买了呗。’”

屏幕这一端的我听完，哭笑不得。

“然后我肯定就生气了啊，”她接着吐槽道，“你说这种用在皮肤上的东西，怎么可以随随便便地拼单买呢？”

“那你是在Diss（吐槽）拼单的软件吗？”

“也不是……哎呀，反正我就是很不爽，看着那套山寨的SK-II，用也不是，丢也不是，烦死了。”

她的吐槽让我想起《奇葩说》里一位辩手的话：有时候让你绝望的不是礼物，而是男人。

02

我个人没有用过拼单的App，所以不好评价它的好坏。但是怎么说呢，忍不住还是会鄙夷那些明知道是山寨货还去购买的人。

这份鄙夷，倒不是来自什么莫名的优越感，而是长久以来的费解。

首先，购买山寨货，就直接或者间接地助长了市场的不正之风，导致劣币驱逐良币，好东西反而无人问津。

其次，山寨货的价格固然便宜，可是代价呢？用坏了还是小事，可如果因此伤了身，那可就得不偿失了。

当然，每个人的生活方式和经济状况不同，我没有资格去臧否他人，只是，我尊重你省钱的理念，也希望你尊重我质疑的权利。

回到那个女读者的困惑，我的回答是：不算小题大做。你想，和一个将“浪漫”视为形式主义而敷衍行之的男人过日子有什么意思？

我分析了一下，这个男生之所以会送女朋友山寨货，有两种情况。

第一，他是真的不懂SK-II或者其他轻奢品的市场价，这是轻微“直男癌”的表现。

第二，他明知道这是山寨货，但是为了省钱，所以还是选择拼单，这个就很过分了。

无论是哪一种，女方生气都是合情合理的。

谈恋爱最尴尬的事，就是我比你聪明，还得在你面前装傻子。

作为局外人，我没有立场去揣测男方的动机，只是作为男性同胞，我觉得这件事完全可以做得更加妥当。

比如，把这笔钱拿来请对方吃一顿浪漫的烛光晚餐，比送什么花里胡哨的东西都实在。

对于女生来说，对方送的礼物折射出的是他的诚意和态度。

诚如《绝望主妇》里的一句台词所言："无论身心多么疲惫，我们都必须保持浪漫的感觉，形式主义虽然不算好，但总比懒得走过场要好得多。"用心的礼物才是礼物，不用心的礼物都是任务而已。

03

每个人的生活方式不同，无所谓谁高贵谁低贱。好比同样是去天安门，开奔驰的并不比骑单车的人牛气多少。

但问题是，如果你明明吭哧吭哧地骑了一身汗，还硬要说是自己的奔驰空调坏了，那就是自欺欺人了。

上次我参加一个新媒体线下沙龙，我们几个年纪相仿的自媒体人交谈甚欢，聊着聊着，我的朋友 Alen 指了指一个哥们儿的鞋问道："嘿，你这双 AJ 看着很贵啊，官网好像至少卖八千吧？"

那个哥们儿脸色一窘，连声说道："还好还好，朋友从国外带的，不贵不贵。"

沙龙结束后我约了Alen吃火锅。吃到一半，他突然蹦出来了一句："那双AJ是高仿的。"

"啊？"我听完一脸蒙。

"虽然连装饰的细节都模仿到了，但是那个光泽反射得未免有点过了。"

"你的意思是，他故意穿A货装×？"

"那倒不一定，只是我看着特难受。他的本意是想博得认可，然而不幸被我这个内行看见了，你说我到底夸还是不夸呢？"

我沉默了一下，发现好像怎么着都不妥。

不夸你吧，觉得不给你面子，夸你吧，又违背了我的良心。

换个角度说，那些被夸的人其实内心也是忐忑不安的。因为他们知道自己是以次充好，所以每次面对赞美的时候，他们在喜悦的同时，也是心虚的。更严重者，甚至还会觉得对方是在讽刺自己。

"哎哟，您这香奈儿的包包，莫非是那个天价限量款？好羡慕呀。""呵呵，谢谢。"

因为一个小小的山寨品，弄得你尴尬，我也尴尬。

虽然，不能一棍子打死，说穿A货的人都天生爱炫耀，但是至少他们潜意识里，或多或少，有虚荣的成分在。

虚荣本身并不是什么贬义词，但是你把假货掏出来耀武扬威，把其他人都当猴子耍，那就是你的不对了。

你花十块钱囤一百包纸巾，那是你的自由，我无意吐槽，恰恰相反，我还会猛夸你会过日子。

可你若是为了省钱，或者纯粹出于抠门儿，拼单送我一件以次充好的礼物，那就没有必要了。

毕竟，收到山寨货还得假装惊喜若狂这件事，真的很考验演技啊。

第二章

我有子孙满堂的愿景，也有孤独终老的觉悟

不用担心，你们中的很多人一辈子都不会遇见你梦想的真爱。只会因为害怕孤独地死去，而选择随便找个人互相饲养。

——塞内加

你怀孕了？没办法，那就结婚吧

01

“我下下个月结婚了，你俩一定要来啊。”

听到阿良的这句话，德哥夹在筷子里的撒尿牛丸掉在了锅里，溅了我一身汤。

“你这什么情况？太突然了吧！恭喜恭喜！”德哥一边咋呼着，一边递给我纸巾。

阿良机械地回了一句“谢谢”，满脸五味杂陈的表情。

“怎么了？有难言之隐？”我试探地问道。

“都是自家兄弟，我还是跟你俩坦白了吧，”阿良轻叹道，“婚期之所以这么赶，是因为沫沫……怀孕了。”

我和德哥面面相觑，不知道该怎么接话。

“那个……”德哥试图缓解尴尬的场面，“为啥不能慢慢地安排婚礼啊？这可是人生的头等大事啊！”

“我也这么劝过沫沫，可她说：‘婚礼当天是一个女人最美的日子，让我挺着大肚子结婚？嘉宾们怎么看？我才不要那样！’”

我迅速回忆了一下自己参加过的婚礼，好像还真没看到过挺着大肚子结婚的新娘。

02

“如果你女朋友怀孕了，你会结婚吗？”阿良问德哥。

“废话啊，这是一个男人最基本的担当吧！”

“那如果她并没有怀孕，只是虚惊一场呢？”我追问道。

“呃……”他面露难色，“那还是先谈着吧，顺其自然。”

这应该是男同胞们的普遍真心话吧。

不知道从什么时候开始，“奉子成婚”变得越来越流行，我身边年纪相仿的朋友、同学中，有三分之一之所以结婚都是因为女方肚子大了。

说实话，西门君对奉子成婚倒也没有什么偏见，就像知乎上的一个网友说的那样：

“两个人在相爱和条件允许下奉子成婚，是水到渠成和缘分到了的双喜临门。”

可问题在于，你永远不知道驱使你俩步入婚姻的，究竟是爱情，还是孩子，或是……愧疚。

说一个我的女性读者的真实故事。出于对她隐私的保护，我们就叫她小妖吧。

小妖用验孕棒测出自己怀孕的那天，她兴冲冲地打电话给男朋友 Jason，结果你猜怎么着？

Jason 吓得差点从凳子上摔了下去。

“我带你去医院，咱再认真地检查一次，这种事，可不能出半点差错啊！”

听闻此言，小妖的心已经凉了一半。

“我问你，如果我怀孕是真的，你娶不娶我？”

“娶……当然娶啊！”Jason 紧张得结巴了起来，“虽然我觉得咱俩还没有成熟到能当父母，但咱也不能就这样打掉孩子，对吧？”

对于自己男朋友的反应，小妖是这么解读的：“直觉告诉我，他的语气充满了无奈和埋怨。”

最终，他俩还是领证结婚，并且把孩子生下来了。可惜好景不长，这段婚姻以“男方出轨被小妖抓奸在床”而画上了终止符。

小妖半愤怒半心碎地质问 Jason：“为什么我为这个家牺牲了这么多，你还是选择背叛？”

“你说呢！我当年和你结婚，还不是因为有了琦琦（他们的孩子）！”Jason 咆哮道。

就这样，两个人彻底分道扬镳，孩子的抚养权最终归到了小妖那边。

听完这个故事，我和你们的感受一样，一边心疼小妖，一边怒斥 Jason 的行径。

然而，阅读了一些婚姻类的书籍后，我对此类事情的看法有了全新的视角。

我窃认为，人应该在什么样的年纪去扮演什么样的身份，不要“越俎代庖”。比如你二十三岁之前就安心读书，二十三岁之后就踏实工作。不是说倒过来不行，只是那样可能会让你两头力不从心，结果两头都办不好。

一样的道理，很多男人连丈夫的角色都胜任不了，你却让他先一步晋升为奶爸，这不是“强人所难”吗？

03

值得玩味的是，如果你问那些奉子成婚的小夫妻为何急匆匆地结婚，多半会得到一个大同小异的回答：“当然是因为爱啊！”

也不奇怪，人类往往会高尚化自己的行为，在婚姻这件事上也不例外。

部分“奉子成婚”的家庭结构，往往是由一个“内疚的男方”和一个“缺乏安全感的女方”组成的。

前者“内疚”的原因一目了然——由于自己“没及时刹住车”，让女方过早地面对十月怀胎之苦，男方的心底难免会滋生一种伴着内疚的责任感。

而后者，则通常会比其他女性更缺乏安全感，因为从怀孕伊始，她们担负的就是两条生命了。渐渐地，这种求生的本能外化成了对男性的依赖。

一开始，双方组建起的家庭的天平是平衡的，可是随着岁月的流逝，男方的愧疚感会逐渐消退，对家庭会越来越不上心，而女性却由于体内母性光辉的觉醒，情况与男方刚好相反。

长此以往，天平从失衡走向崩坏也只是时间问题了。

在离婚这件事上，受伤更多的是女方，这应该没有争议吧？毕竟一个单亲妈妈可比一个单亲爸爸过得艰难多了。

此外，还有一个受害者我们也不能忽略，那就是孩子。他的出生是一个意外，这就注定了某种程度上在父母的潜意识里他是一个累赘。

一家人幸福美满还好，一旦发生什么家庭变故，或多或少会在孩子心里刻下一道阴影。

我曾经在网上看到过一段虐心的对话——

“妈妈，你当年为什么会和爸爸结婚呀？”“因为你。”

“那，妈妈为什么又会和爸爸离婚呢？”“还是因为你。”

想来也是荒诞，两个成年人犯的错，凭什么让一个孩子背锅呢？

唠叨了这么多，西门君最后奉劝各位一句：在没有做好结婚准备之前，做好安全措施吧，你至少是在拯救三个人的命运。

我把他当丈夫，他却只把我当女朋友

01

“我把他当丈夫，他却只把我当女朋友。”在后台收到这条读者留言的时候，我下意识地看了一下她的头像。

没记错的话，她在一年前就曾经给我发过微博私信。

“我和男朋友已经恋爱长跑五年了，但是他丝毫没有娶我的意思。我昨天又旁敲侧击了一下，他面露难色地说了一番话，言下之意就是，‘他还没有准备好’。”

我当时就一针见血地指出，这个男人明摆着是在搪塞和拖延什么，明显心里有鬼，你最好提高警惕。

令人无语的是，她听闻此言，反倒义正词严地开始为自己的男朋友辩护：“哎，他只是工作遇到了瓶颈期啦……先立业再成家，为婚姻奠定物质基础，没毛病啊。如果他真的不想结婚，干吗和我纠缠这么多年？”

到最后我都懒得回复她了，心里默念四个字：无药可救。

几个月前，她又给我留言，她说自己被甩了。

“他跟一个富二代女生相亲后火速结婚了！真是渣啊！”语气中透露着满满的懊悔。然后，她就发了开头的那一句话。

当时我就“呵呵”了。这个社会中许多感情的悲剧，其实都是源于一帮傻姑娘自己抠瞎了眼睛。

真正爱你的人，是不忍心消耗你的青春的。他们至少会预告你一个期限，也许是三年后，也许是一年后。

02

恋爱最美好的结局就是步入婚姻殿堂，这一点，应该没有什么争议吧？

唯一可能有争议的是，有些人觉得在恋爱的时候，结婚大业应该提前规划，有些人则比较佛系，觉得“从恋爱过渡到结婚，顺其自然就好”！

对此，我的态度是：两种想法都没有错，但是，除非你俩协商好同当不婚族，不然如果你从来不提结婚这码事，或者压根没有考虑过结婚，那这就是单方面的欺骗。

举一个我的发小儿 A 的例子。

A 的女朋友 B 崇尚浪漫主义，恨不得每天都过天雷地火的日子。但是 A 是一个有点奉行“性冷淡”主义的人，所以你可以想象，他俩每天的争执会有多大。在争执的矛盾之中，两个人最大的分歧就在于“何时结婚”这件事上。

B眼看自己的年纪越来越大，加上家里人的疯狂催促，所以她各种向A明示暗示自己对于婚姻的渴望。放眼A这边，却是一副满不在乎的姿态：“结婚证不过是一页纸，结婚是迟早的事，何必搞那么匆忙？”

无奈之下，B忍痛选择了分手。我们问她为什么，她就回答了三个字：“没盼头。”

别小看这简短的三个字——“有盼头”，你对这段感情的投资才有意义。

当你询问男朋友明天要不要领证的时候，比起他的回答，更重要的是他的态度。

如果他微笑地点头，那么恭喜你。如果他坚决地摇头，那么心疼你。

如果他迟疑地不置可否，那么建议你……趁早分了吧。

也许在他眼里，和你结婚是一种负担。既然如此，不如给他“减负”，转头去找一个更有可能给予你幸福的男人。

03

塞林格说过一句名言：“幸福是一种静止的状态，而快乐则如流水般易逝，这就是幸福与快乐之间最大的区别。”

而婚姻，正是能将幸福维持在静止状态的最佳容器之一，所以，那么多都市男女挤破头地想步入婚姻殿堂，不是没有原因的。

但有些事，你急不来，也急不得。比如你的对象没考虑结婚，某些时候或许是你自己的问题。可能在他的眼里，你尚未达到“伴侣”的标准。

这是一个残忍的现实，但你要学着心平气和地接受，而不是一味指责抱怨……讲真的，这些毫无意义。

正视自己在对方眼里的价值，直面自己身上的缺点。毕竟，你的结婚对象是对方，而不是自己，你觉得自己做好准备了，不代表对方就非得和你亦步亦趋。

不过，如果你俩在一起有段时间了，而且你确实急着结婚，那我的建议是——给自己设一个期限，可以是几个月，也可以是大半年，让自己变得更加优秀。比如，瘦个十斤，改掉任性的坏习惯，学做点家常菜等。

在这个期限内，明眼人都看得出来，你已经竭尽所能地去预演一个妻子的角色，如果这时候他依然无动于衷的话，请你果断放手。外面还有大把优秀的男人供你选择，没有必要吊死在一棵树上。

你最终的目的是有底气地去挑选结婚对象，而不是把自己当作滞销货强行推销出去。

姑娘们，请你们相信，你们迟早会遇见这么一个男人，你以为自己只是他的女朋友，可是他早已默认你是自己未来的妻子。

我 23 岁，被亲戚们催婚 32 次

01

“你都多大了，还不考虑结婚？想啥呢？”

“你看村里那谁，孩子都会打酱油啦！”

“大姑也是为你好，咋就不听呢？”

……

这些话，二十五岁以上的女青年一定都不陌生。是的，这就是典型的“中国式催婚”。

面对催婚，不同人有不同的态度。有些人可能当作耳旁风，忍忍就过去了；有些人可能特别往心里去，火急火燎地找对象；有些人可能脾气火暴，当场就怼回去了。

要西门君看来，哪一种都不是最好的方法。

忍还是该忍的，毕竟都是亲戚，低头不见抬头见。当然，该怼的场合也别憋坏了自己。只是“怎么优雅地怼”，绝对谈得上是一门

艺术。

比如，微博上有个被催婚的女生，她的回怼话术就很值得我们借鉴：“我非常感谢各位长辈对我个人问题的关心，但是我自己的终身大事我自己有数，不会因为哪位亲戚的几句话就妥协。做人贵有自知之明，如果谁越过了我的底线，伤到了我妈这样温柔善良的女人，就算是亲戚我也不会给面子的，望周知。”

既表明了自己的态度，又委婉地谢绝了亲戚们的热忱，她不卑不亢的态度，堪称“教科书级别”的反催婚大法。

对于有些亲戚，你以为婉拒他们就结束了？太天真了，这只是他们“魔鬼式催婚”的开始。

02

关于“催婚”这个老生常谈的话题，正好我最近听到两个故事，忍不住一吐为快。

第一个故事，是关于前同事霞姐的。

霞姐是典型的东北大妞，性格豪爽，办事从不拖泥带水，深受同事们喜欢。

有一次团建，我好奇地问她，为什么千里迢迢地从长春来杭州打拼，是不是觉得杭州发展前景无限之类的。

她沉默了一小会儿，斩钉截铁地说，“不，是为了躲婚。”

这下子，换我尴尬地沉默了。

她表情凝重地说，“我前两年在老家工作，被各种亲戚催（婚）

得受不了了，我琢磨着杭州环境比较好，所以第二天我就拎着箱子坐火车过来了。”

“这样子……看你手上的戒指，恋爱了？这样回去也有交代了吧。”

霞姐摩挲着戒指，摇摇头：“不，恰恰相反，我更焦虑了。和前任在一起的时候，我嘴贱透露给了家人，这下可好，他一脸蒙地被我从杭州拽到了老家的炕上。”

“然后呢？”

“我们才在一起两个月，本来感情基础就不牢固，加上他又被我家‘催婚团’的阵势给吓到了，回杭州不久后我们就散伙了。”

我曾一度以为，“有亲戚”是人们会选择一座城市定居的原因，可颇为讽刺的是，“亲戚”二字，恐怕反而成了许多人背井离乡的助推器。

对了，后来霞姐还是结婚了。

你可能觉得，这是好事，该恭喜啊。起初我也是这么觉得的，直到她在晒完领证照的那天下午，又发了这么一条值得玩味的朋友圈：“人生大部分的事情，不是我们能决定的。但是既然决定了，那就笑着接受吧……”

第二个故事，来自我的读者小蝶。

小蝶学土木工程专业，今年刚刚毕业，看照片是一个相貌平平，有点内向的女孩子。

说实话，她一开始没有引起我太多的关注，直到有一天，她突然给我留言：“西门君，我被催婚了，该怎么办？”

我一愣：“你是‘95 后’，才二十三岁，就被催婚了？”

她回了一个“嗯”字，然后发了一堆聊天截图过来。看完，我倒抽一口冷气。

短短几天的对话，出现“结婚”“找对象”“抱娃”等关键词的次数，就接近了十次。

“你这样被催婚多少次了？”

“数不清，三十几次有了吧。因为亲戚家离我家就两条马路的距离，所以经常会家庭聚餐，然后就……你懂的。”

你们说好不好笑，一个二十三岁的女孩子，居然已经被催婚了三十多次，搞得我现在看身边同龄的“剩女”朋友，难免带着一丝丝的同情——她们得被催过多少次啊！

吊诡的是，女性法定结婚年纪是二十周岁。这意味着，你大三就能抱娃了，大四就能抱着娃去答辩了。

有人觉得这是一种温馨，西门君却觉得这是一种悲哀。因为社会有个不成文的共识，女性超过法定结婚年纪越久，她的个人魅力价值就越低。

仔细想想，这是很荒谬的。一个女人的存在意义，凭什么要用一串数字去判断？

03

平心而论，我相信大部分三姑六婆催婚的初衷是不坏的，她们盼望你有个幸福的归宿，同时也图个家族的“人丁兴旺”。

但是另一部分亲戚，他们内心的真实想法，恐怕就要打一个问号了。

用知乎上一位网友的话说，“当人们谈论和督促你婚姻大事的时候，他们内心深处是有一种优越感的，这种优越感源自对你的关心。因为关心大多数时候是由上至下，由强对弱的。这是一种居高临下的姿势”。

翻译一下就是：“你看看你好惨，都没人要。比起阖家欢乐的我们，你真该反思反思！”

也许有人质疑说，这是一种对人性的恶意揣测，对此，我不否认。只是，世间多少恶毒，不都是假借“关爱”之名吗？

面对催婚，一味地逃避是没用的。躲得过初一，躲不了十五，还不如一开始就摆明你的态度，哪怕收效甚微，至少起到了震慑的作用。

怕就怕，你把亲戚的催婚当客套，他们把你的沉默当默许，许多家族闹剧就是这么埋下伏笔的。

关于对“结婚”这件事的态度……我送各位一句话吧：“结婚从来不是你的生活，只是你人生的一个选择。”

共勉。

我休产假没有收入，老公却坚持跟我 AA

01

你永远也不知道，一个每天和你同枕而眠的男人，究竟可以多么冷漠。

前天看到一则新闻，一位叫作陈芸的女士，她和老公一直坚持“婚姻 AA 制”。生完小孩后，她在家休产假，没什么收入，本想让老公支付这几个月的开销，但对方答应的同时要求陈小姐日后赚钱还给他，不然就让她找自己的父母要。陈小姐事后还补充说：“老公月入一万五，并不差钱。”

看到这则新闻后，闪过我脑海的第一句话就是诸葛亮的那句“我从未见过如此厚颜无耻之徒”！

婚后坚持 AA 制本来就够奇葩的了，你个男人居然还有脸趁老婆怀孕的时候“放贷”？你咋不再收个利息呢?

对于这个男人的做法，网友们一边倒地吐槽。其中一位叫作“圆圆狂魔C酱”的网友就留言说：“现在的人，咋自私成这样了？对于女人来说，不管是身体健康还是个人前程方面，生孩子都是一件吃亏的事。就算完全不讲情分，从雇佣角度来说，人家为你牺牲这么多，你多少也要给报酬吧！”

我觉得，每个家庭有每个家庭的婚姻观，无可厚非。只是，规矩是死的，人是活的，用冷冰冰的协议去衡量婚姻的价值，真的妥当吗？

请人代孕生孩子还要几十万呢，怎么到了自己老婆这里反而开始鼓吹男女平等了？

真搞不懂，这种“冷血”的老公，要来何用。

02

在爱情里，所有的计较都是因为不够爱。

之前“付辛博和颖儿婚后AA制”的话题，一度上了微博热搜榜。为此，付辛博还特地发了微博道歉和澄清。

不过网友们对此并不买账。因为付辛博在《妻子的浪漫旅行》节目的收官之际，对几个嘉宾大倒苦水：“颖儿参加节目之后，就回去问我要银行卡了。”

脾气火暴的应采儿听到后，当场回怼：“钱花不花不重要，重要的是我有。老娘有钱，干吗非要花你的钱？”

简直太酷了！

说起应采儿，就不得不提“山鸡哥”陈小春。和银幕上看似“凶神恶煞”的形象不同，他在家里算是个不折不扣的“妻管严”。

有多“妻管严”呢？用陈小春自己的话说：“我结婚的第一句承诺，就是把收入全部上交。”

有些人吃饱了撑的为陈小春“打抱不平”：“一个七尺男儿，赚那么多钱，给自己留点又有什么关系？”

然而，当一个男人爱一个女人爱到痴狂的时候，别说工资卡了，连生命都愿意奉献。

反之，当一个男人不够爱一个女人，最典型的表现，就是“抠门”和“斤斤计较”。

涂磊在某期《爱情保卫战》中说过这么一段话：“生活中有两种男人。第一种男人很讨厌女人跟自己谈钱。他觉得现在拜金的女人太多了，搞得婚都结不起。第二种男人会主动跟女人谈钱。他认为把一个女人娶进家门，房子、车子、婚纱、戒指等物品都应该由男人来承担。让一个女人过上不为经济发愁的好日子，是自己应该肩负的责任。”

一个男人愿不愿意把钱和自己的女人分享，也许不是衡量爱的唯一标尺，但绝对是最有效的标尺之一。

03

回到文始的那则新闻，我们之所以无法接受陈女士老公的行为，是因为他把“公平”置于了和爱人的“亲密关系”之上。

像这样的男人，连结婚时候都跟你 AA，那么可想而知，假设有一天你们不幸分开了，他一定会把彼此的财产划分得一清二楚。

我们为什么会觉得《前任 3》里的“了断局”很搞笑？因为情侣间很多东西本来就是共享的，或者说是“难分彼此”的。那些把财产甚至责任划分得泾渭分明的人，内心绝对是自私的。

姜思达在《奇葩说》里有一句金句：“歧视不单单是恶语相加，歧视也是划分你我”。

如果每个家庭都这么“锱铢必较”，我们可以脑补一下那个画面有多荒唐。

今天我买了一瓶酱油，所以你必须明天买一瓶醋，价格差不能超过一块钱。

孩子上半夜把我吵醒了，所以下半夜你也别想睡得安稳。

你送我一个生日礼物，我很感动，查了一下多少钱，支付宝转给了你。

我可以理解“婚姻 AA 制”的初衷，是为了建立所谓“公平”的机制，如此一来，哪一方都不能轻易占另一方的便宜。可是，“公平”从来不意味着“合理”。

一个男人外出赚钱的辛劳，与女人为了生育和抚养孩子做出的牺牲相比，根本不可相提并论。

你之所以不愿意把工资卡交给另一半，无非两个原因：第一，你不相信自己；第二，你不相信对方。无论是哪个原因，都是在抹杀爱情中最基本的两个字——信任。

一段只知道算计，没有了人情味，连基本的信任都丧失的婚姻，不过是一具徒有其表的空壳而已。

遥想当初，你当着亲朋好友的面发誓：“不管贫穷还是富有，健康或是疾病，我愿意和她相亲相爱，一直到老，直至死亡。”

可是如今，当她因为怀孕陷入经济窘迫的时候，你却选择了用最冷漠无情的方式回应。

她把你当作丈夫，而你从始至终，不过是把她当作同个屋檐下的租客而已。

当然是选择原谅她啊

01

前段时间，公司差点上演了一场闹剧。

我的两个同事，A 和 B，为了副主管的位置争得头破血流。为了抹黑对手，B 甚至在办公室散布谣言，说 A 的私生活不检点，“而且她还勾引未遂，笑死了”，气得 A 冲到 B 的工位前欲给其一巴掌。

幸好其他同事及时拦住了 A，这才没有酿成大祸。

此事惊动了总经理，他把两人叫到会议室调解，语重心长地劝说B向A道歉。看在总经理的面子上，B不情不愿地说了句“对不起”。

但戏剧的是，无论对方怎么道歉，总经理怎么打圆场，A 都坚持选择不原谅。

事后，我们好奇地问 A 为何如此决绝，她义正词严地答道：“有人触犯到了我的底线，我凭什么要去原谅她？我没这么贱。”

说得太好了。

回想我们的日常，是不是经常被人劝说“要大度一点”？

“其实她对你也蛮好的，这一次就原谅她呗！”

“他都道歉了啊，原谅他吧，退一步海阔天空嘛。”

“您大人不记小人过，就忘了这茬儿呗！”

似乎对方只要道歉，受害者身上所有的伤疤都会逐一淡去，就跟从没有受过伤害一样。

呵呵，别再自欺欺人了。道明寺说过，如果道歉有用，还要警察干什么？

02

《奇葩说》中谈到“原谅”这个话题，马东和蔡康永表现出了截然相反的态度。

马东说：“随着时间的流逝，我们终究会原谅那些曾经伤害过我们的人。”

蔡康永回答：“那不是原谅，那是算了。”

蔡康永这句话，颠覆了我对人世间“恩怨观”的看法。

我之前一直崇尚佛教的观念：原谅那些伤害你的人。因为如果你不愿意宽恕，执念会持续伤害你。

可是，弄皱了的纸无法摊平，打过结的绳子始终有痕迹，伤害不仅是既成事实，而且受害者还因此留下了难以磨灭的心理阴影，逼他说一句“我原谅你”，谈何容易？

在美剧《马男波杰克》里，有这么一段剧情：波杰克去探望他年轻时候的合伙人赫比，赫比自从当年被波杰克背叛后，身体状况江河日下，随后不幸患上了癌症。

波杰克充满悔意且诚恳地向赫比致歉，然而后者却面无表情地回应道：

“你是在道歉吗？”

“是，对不起。”

“好吧，我不原谅你。”

“赫比，我说了对不起。”

“我知道，我说我不原谅你。”

直到赫比生命终结的最后一刻，两个人也没有冰释前嫌。

老师和父母从小教育我们，你要感谢生命中每一个伤害你的人，是他们让你强大，让你成熟。

可是对不起，我做不到。

我凭啥要感谢那些伤害我的人？如果可以，我希望他们被“天打雷劈”，因为恶有恶报。

我没有去打击报复他们，已经是我最大的善良了。

对于初恋的背叛，我花了好几年的工夫，才让自己从起初的怒不可遏到现在的泰然处之。

如果你问我现在还在不在意，我会回答“不在意”。但是如果你问我原不原谅，我会坚定地告诉你：“不原谅。”

这是两码事。我不在意，是因为经过时间的洗礼，我放下了。但是，她给我留下创伤是不可否认的事实，我没有任何理由去原谅她。

《房思琪的初恋乐园》里有一段话我特别喜欢："忍耐不是美德，把忍耐当成美德是这个世界维持它扭曲秩序的方式，生气才是美德。"

当我们抚着伤疤，强行原谅那些本不该被原谅的人与事时，无疑是让自己遭受二次伤害。

03

很喜欢金城武在《喜欢你》里的一句台词："我最讨厌别人和我说对不起，我还得假惺惺地表示原谅！"

我是一个凡夫俗子，心胸狭隘，记仇，对于那些伤害过我的人，我实在无法昧着良心选择原谅。况且，他们也不配被我原谅。

鲁迅先生就曾直言："欧洲人临死时，往往有一种仪式，是请别人宽恕，自己也宽恕了别人。我的怨敌可谓多矣，倘有新式的人问起我来，怎么回答呢？我想了一想，决定的是——让他们怨恨去，我也一个都不宽恕。"

大部分施暴者祈求原谅的时候，不一定是在真心地忏悔自己的过错，更多的，不过是为了给自己不安的内心打一针安慰剂罢了。

我曾经在公众号里写过这么一句话："你的每次原谅就是一次放纵，最终只会让那个渣男更加肆无忌惮。"

反过来，如果你不去原谅，对方就会心有余悸，内疚就会像一根刺一样，时时刻刻扎在他的良心上。不用去怜悯，这是他自作自受，罪有应得。

不是每一句"对不起"，都能换回"没关系"。下次，如果有人和你说“对不起”，请你这么回答他：“对不起，我不接受你的‘对不起’。”

有些事可以原谅，有些事永远不能也不应该被原谅。唯有选择不原谅，才是对自己磨难岁月最好的交代。

而这，才真的叫作“放过自己”。

第三章

最好的爱情，是我和你情同手足

好的爱情就是，你会一次又一次地爱上对方，每一次都好像是第一次。

——周苏婕

最好的爱情，是我和你情同手足

01

不怕你们笑话，西门君曾经上过江苏卫视的一档相亲节目：《新相亲时代》。

节目里，根据惯例，孟非会问每个男嘉宾的择偶观。当时我是这么回答他的："我向往的爱情，是我和你情同手足。"

全场一半人哗然，另一半人做费解状。

正好，我就借这篇文章，解释一下什么叫作"情同手足般的爱情"。

2016 年我生日那天，我毫无悬念地又被损友们轮流"轰炸"了。当时醉意已微微上头，正想举起酒杯，当时的女朋友小 Y 一把抢过去，痛饮而尽，把在场的人都看傻眼了。

当时，我脑子里充斥着一句话："我去，就是她了。"

她在西塘驻唱过，所以在喝酒这事上，从不拖泥带水。

有一次我笑着调侃她："你就不能偶尔装个小柔弱什么的吗，搞得别人看我俩不像情侣，更像兄弟。"

她高冷地翻了一个白眼："对啊，帆哥，该你喊骰子了。"

犹记得我俩确定关系的第一天，聊着聊着，她突然递给我一根万宝路。我惊愕地问道："原来你抽烟啊！"她酷酷地吐了个烟圈，瞟了我一眼："对啊，咋了？你现在反悔还来得及。"

我自然不服，接过烟点起来，回呛了她一句："你这么酷，以后还不是要我照顾你。"

"不。"她严肃地正视我，"我们互相照顾。"

从她的眼神里，我看到了一份可贵的坦诚。这份真性情，让我有一种和兄弟们置身一室的错觉——大家把酒言欢，不去顾虑什么繁文缛节。

02

我见过很多"行尸走肉"般的爱情，两人在大众视线前卿卿我我，如胶似漆，但是回到家后，同床异梦，各怀鬼胎。

很多时候，你和另一半之间只顾着男欢女爱，从不曾像挚友那般打开心扉畅谈到天明。

很多人应该还对那部《史密斯夫妇》有印象吧？

片中约翰·史密斯和简·史密斯是一对让人羡慕的夫妇，但是日子趋于平淡之后，两人的感情开始有了间隙。有一天，两人分别执行任务时候才发现，原来与自己朝夕相处的另一半，居然都是背负着暗杀任务的秘密特工！

如此黑色幽默的剧情，我看完之后，完全笑不出来。

试想一对情侣，夜夜同床，却不曾窥见对方的灵魂，那是一件多么可悲的事。

究其原因，是现在太多的男女，彼此之间只是情侣，从不曾是朋友。

我不建议把最好的朋友变成恋人，但是倘若一切已成事实，就理应待恋人为最好的朋友，甚至情同手足。

所谓手足，便是彼此信任之至，没有重大的秘密需要隐瞒。

小秘密说不说无妨，因为人都需要一定的自我空间，但假使隐瞒了攸关两人利害的大秘密，便是“不义”。

因为你俩情同手足，她才会安心地奔赴异国他乡，苦修求学，没有太多的思想负担。

因为你俩情同手足，他才敢把银行卡交给你，不用恐慌自己成为下一个王宝强。

因为你俩情同手足，彼此都心照不宣——在义字当头的江湖，背叛，是要付出代价的。

很喜欢《失恋 33 天》里的一段台词：“一段感情里，在起点时我们彼此相爱，到结尾时，互为仇敌，你不仁我不义。我要你知道，我们始终势均力敌。”

03

有一期《奇葩大会》，一位叫赵大晴的姑娘回忆起和前夫的“婚约”，令全场“老奇葩”泪奔。

“我们一起去迪士尼乐园，当众跪在米奇、米妮面前，特别认真地说了一段：‘皇天在上，后土在下。不求同年同月同日生，但求同年同月同日死。’”

我向往这种爱情，爱你就像爱兄弟。

小时候我不解为何张无忌选择赵敏而不是周芷若，长大之后重翻《倚天屠龙记》，似乎找到了答案。

周芷若一生，在张无忌面前百般矫揉造作，搞得后者时常摸不清前者心思，这就罢了，她仅仅为了一本秘籍，就杀朱儿、害谢逊。试问哪个男人会喜欢这般心肠歹毒、阴晴不定的女子？

再反观赵敏，义薄云天，典型的江湖女侠，愿意为了张无忌放弃地位，背离家人，不带一丝犹豫。用她自己的话说：“我偏要勉强。”

为给张无忌争取时间，尽管实力悬殊她也要和武当三侠拼招。张无忌倒在十二番僧的掌下，是赵敏以名节和性命相逼，张教主才捡回一条命。

回想起那些张无忌和赵敏比肩作战的画面，你会不会觉得他俩特别像“雌雄双侠”？一命搭着一命，就像手足之间血浓于水，永生永世也绝不分离。

我向往这种爱情，爱你就像爱兄弟。今日酣饮论人生，他日仗剑走天涯。

“皇天在上，后土在下。”倘若兄台背叛，天地齐诛。

“不求同年同月同日生。”过去未曾相识，不甚重要。

“但求同年同月同日死。”要死，我就死在你的手里。

愿你和他，亲如姐妹，情同手足。一拜天地，二拜高堂，夫妻对拜，四拜把子。

做“舔狗”有什么不好

01

最近我经常看到读者群有人在讨论“舔狗”，一开始西门君没闹明白，还以为是爱狗人士的某些亲密举动……后来一问才知道，原来“舔狗”是指“明知道对方不喜欢自己，还一再地、毫无尊严地用热脸去贴冷屁股的人”。

我翻了翻相关的文章，蹦出来的标题特别“辣眼睛”，不是说“舔狗不得House”就是说“舔狗最后一无所有”，听上去好像“舔狗们”犯了什么滔天大罪似的。

好奇心驱使着我点进去看了看……真是不看不知道，一看眼泪掉。

这简直就是当年西门君的悲惨故事啊！

不过话说回来，现在社会崇尚自由恋爱，“门当户对”的那一套早就被摒弃了。有些人在恋爱中“位高权重”，自然也有人在恋爱中“低如尘埃”。

就因为你比我优秀且不喜欢我，就要剥夺我追求你的权利吗？凭什么？

吊诡的是，如果对调过来，一方以高高在上的姿态去追求另一方，非但不会被抨击，而且还会被讴歌。比如什么“霸道总裁爱上了灰姑娘”的故事，绝对会在网上被传为一段佳话。

从高维追求低维就可以，从低维追求高维就不行？朋友，你是《三体》看多了吧。

还记得《仙剑奇侠传》中酒剑仙和彩衣的那段对话吗？酒剑仙说：“你这样做不值得。”彩衣答：“没有值不值得，只有愿不愿意。”

只要我问心无愧，就算做一只“舔狗”，我也心甘情愿。

02

“舔狗”经常被人吐槽的一点是：“爱得太心酸，追得太辛苦，结果还未必好，图啥呢？”

仔细想想，潜台词是不是在说“如果没把握追到一个人就甭追了，大家都很忙，不要浪费双方的时间”？

西门君弱弱地说一句，正是因为有这种思潮，所以现在“快餐式爱情”才会愈演愈烈。

我在知乎上看到一个男生因为自己追了半年的女生突然转头喜欢其他人，于是他就上网吐槽女方，言辞之中尽是对这个女孩子的不满。

“老子追了她半年，她告诉我她忘不掉她前男友，我说我愿意等，然后昨天她告诉我，她又找了一个男朋友。”

半年很久吗？你发个年终奖都要等一年，你哪来的信心觉得真爱分分钟可以搞定？

相比之下，我发现“舔狗们”的爱可谓“石破天惊”。他明知道你不喜欢他，却“明知山有虎，偏向虎山行”。蠢吗？够蠢。贱吗？够贱。

可他为什么依然选择了“蠢”和“贱”呢？因为他爱你啊，爱到愿意为你如疯如魔，上刀山下火海，撞了南墙也不回头，见到了黄河心仍不死。

是的，包括我在内的许多人，都接受不了“舔狗们”的“无自尊无底线”和“热情过了头”。但是请你冷静想想，他们是为了谁才摒弃了尊严？是为了谁才在寒冬腊月烧起一把火？

该被吐槽的，从来不是“舔狗”，而是那些在感情里不愿意付出一丝的温度，却又渴望真爱降临的“冰山”。

03

某种程度来说，《倚天屠龙记》里的赵敏也算是“舔狗”，那句响彻云霄的“我偏要勉强”，你一定听过。

明知不可为而为之，这声“偏要勉强”是不是和“舔狗们”如飞蛾扑火般的行径如出一辙？

自己委屈到不行的时候，心上人却在旁边冷眼相看，赵敏放声大哭的情景，是不是像极了“舔狗们”遭受白眼和冷漠时的情状？

“张无忌跨上一步，左右开弓，便是四记耳光。赵敏在他掌力笼罩之下，如何闪避得了？啪啪啪啪四声响过，两边脸颊登时红肿。

赵敏又痛又怒，珠泪滚滚而下……张无忌左手圈出，右手回扣，叉住了她项颈，双手使劲，赵敏往后便倒，咚的一声，后脑撞在大殿的青石板上。”

被心上人误会，见面就是四个响亮的耳光，随后不听她的解释还要掐脖子杀了她，就这，她也都忍了下来。甚至，赵敏还为了张无忌与家族决裂，抛弃了荣华富贵。试问现在的“舔狗们”，有几个能做到这个地步？

谁都是父母手心里捧着长大的宝贝，更何况是金枝玉叶的赵敏郡主，遭受这样的待遇，赵敏当然也会愤怒难过。

但是，因为在爱情里受了伤，暂时处于劣势，她就放弃了吗？别人我不知道，但赵敏没有。

凭着那股“我偏要勉强”的倔劲儿，赵敏最后终于洗刷了冤屈，“逆袭”成功，并且赢得张无忌为她画眉一生的完满结局。

没人会说赵敏是个“舔狗”，人们只会说，她这种对爱情近乎癫狂的偏执，是敢爱敢恨。

一位哲人曾经说过，哪怕只有百分之一的希望，也要赌上百分之百的努力。努力不一定会成功，但是不努力，绝对不可能成功。

04

还有一类人，他们明明爱对方爱到可以奉献出自己的生命，可是由于“自尊”的束缚，他们打死也不会去做“舔狗”。到了晚年回溯人生的时候，只得空怀懊恼与苦闷。

比如，大家熟知的《哈利·波特》里，哈利的母亲莉莉是斯内普教授的终生挚爱，斯内普甚至愿意为了守护哈利牺牲自己。连他最后的遗言，都是盯着哈利的眼睛说：“你有一双和你母亲一样的眼睛。”

可是，即使深爱如斯，高傲的他却骂过莉莉是“泥巴种”，莉莉因此与他决裂之后，他却再也没有找过莉莉去解释些什么。再一次相见，已是阴阳两隔，他抱她入怀，失声痛哭。

如果当初他肯放下姿态，和莉莉和解，甚至做一只“舔狗”，事情会不会和现在不一样呢？可惜，再也没有“如果”了。

“舔狗”也许确实爱得太心酸太卑微，但至少那意味着他们还在乎爱情。

有些人自认为看透了所有爱情的规则，因而把自己保护得很好，不会为一个人牵肠挂肚，不会在聊天中出糗尴尬，更不会难过伤心，但是他们也永远不会再体会到那样炽热的爱了。

做“舔狗”并不可悲，真正可悲的，是你再也不敢为喜欢的人一腔孤勇了。

别害怕在感情里做一只“舔狗”，所有的憋屈和愁闷，终将苦尽甘来。就像张爱玲说的那样：“卑微到尘埃里，才会开出花来。”

嘿，我是你的七十分男孩

01

每个女孩都渴望一个一百分男孩。

你来“大姨妈”的时候，他不会让你多沾一滴酒，谁敢来灌酒，他一杯杯全部挡下。

他会在你的生日亲自下厨，让你在朋友面前赚足面子。

他相貌俊朗，家境殷实，或热爱健身，或饱览群书，经常拉上你来一场说走就走的旅行。

而这个他，就像是《我可能不会爱你》的李大仁，《单身男女》中的方启宏，《初恋这件小事》中的阿亮学长，可遇不可求，令你只敢远观，不敢有一丝的妄想。

有一个段子是这么说的：“什么是男神？就是你看一眼就知道此生和你无缘的男人。”

在“前仆后继”的竞争者面前，你打起了退堂鼓。

o2

你寻思着，不如降低标准，找一个八十分的男孩吧。

他们虽不像一百分男孩那样完美无瑕，但是他们知道怎么逗女孩开心，也知道怎么表现得像个绅士。

听着还挺不错的，对吧？但是有一个不大不小的问题，这些八十分男孩，全都觊觎着九十分女孩呢。

他们知道自己未来还有升值的空间，所以干脆赌一把去追求更高分的女孩。失败了也没关系，反正可以回头找你呀！

你心灰意冷，看透了一切，果断放弃了八十分男孩。

o3

不久以后，你遇见了七十分男孩。

那是在你闺密组织的圣诞“趴”，相貌平平的他独自坐在角落喝酒。起初，你甚至都没有注意到他。

酒过三巡之后，他斗胆向你要了微信。你思量了一下，觉得多个朋友总归是好事，便欣然应允了。

这之后，七十分男孩每天有意无意地找你聊天，你礼貌性地回了几句，并不是很上心。

偶尔你也会答应他的邀请，赴约吃饭或者看电影。看到他嘴笨涨红脸的模样，你忍俊不禁。

过了一段时间后，七十分男孩表白了（你丝毫不感到意外）。他说在自己的眼里，你就是百分百女神。

“不知所措”的你，没有答应也没有拒绝，丢下他仓皇而去。

他对你这么好，你并不是毫无感觉，只是内心深处有一个声音总是在萦绕——“我值得一个更好的男孩。”

04

不甘心将就的你，又回头去找八十分男孩，因为你发现自己其实一直忘不了他。

命运弄人，你本来只是抱着试试看的心态，没想到他竟微笑着对你说：“其实我关注你很久了，我们在一起吧。”

欣喜若狂的你，确定自己遇到了Mr.Right，隔三岔五地秀着恩爱，恨不得全世界都看得到你的幸福。

“那个七十分男孩怎么办？”有一天，你最好的闺密突然问起。

“哦，你不提我都快忘了他了。我都有了八十分男孩了，还管他干吗？”

可惜好景不长，有一天你偶然发现，自己的男朋友还在和那个九十分女孩保持着联系。

那一刻你幡然醒悟，当初那个不愿意将就的自己，和眼前这个心猿意马的男孩又有什么区别呢？

你不吵不闹，提出了分手。无论八十分男孩怎么苦苦挽留你，你都下定了决心。

后来，你开始作践自己，抽烟、喝酒、泡吧，“无所不能”，遇见几个想“撩”你的五十分男孩，你上去就是一巴掌。

面对镜子，你被憔悴的自己吓了一跳，“原来……我不再是那个风光正好的八十分女孩了。”

05

你不是没想过，这辈子就这么凑合凑合，一个人过得了。未曾料到，那个七十分男孩又出现了。

不过，准确地说，他现在是七十五分男孩了。他拿到了教师资格证，也念到了研究生，整个人的气质如脱胎换骨一般。

“Hi，好久不见，这些年你还好吗？”

“不太好，你呢？”

“我也是。自从那天你不告而别，我就一直过得很糟。”

你笑了，他也跟着笑了。

后来你从朋友那里得知，七十分男孩打了四年的光棍。你心里一阵愧疚，找他畅聊了一宿，倾吐了这些年的酸楚。

他心疼地抱着你，就像抱着一块稀世珍宝。在刹那间，你才恍惚明白，当年的自己是多么自私和愚蠢。

他带着你一起夜跑，一起报日语班，一起研究怎么做出好吃的东坡肉。

他说，感情不仅仅是两个人一起慢慢变老，更是两个人一起慢慢变好。

有了爱情的滋润，加上生活作息的改善，你惊喜地发现，你又变回那个八十分女孩了——当然，现在应该叫你八十分女人了。

06

我的故事说完了。

其实，这世上哪有什么真的百分百男孩和百分百女孩。

我爱你，你在我眼里就是满分，我不爱你了，你在我眼里就是不及格。

谁都害怕将就，但是比起“将就”，更可悲的是“错过”。

就像《马男波杰克》里的那段经典台词说的那样：

“塔妮莎，没人能让谁完整，这种事情不存在，如果有幸遇到能凑合忍得了的人，就用尽全力抓紧，无论如何都不要放手。没错，就是将就。因为不将就的话，你会一点点变老，生活会变得更艰难，你会更孤单，你想方设法要填补内心的空虚，用朋友、用事业、用毫无意义的性爱，但是内心的空虚依然还在。直到有一天，你看着自己的周围，发现每个人都爱你，但是没人喜欢你，那将是这世上最孤单的感觉。”

姑娘，你好，我只是一个七十分男孩，但是请相信，我对你，是百分之百的喜欢。

女生嫌弃的不是你穷，而是在你身上看不到希望

01

有时候，男人真的会不自知到“令人发指”的地步。

学妹淼淼和她的男友白哥分手了，她原以为俩人是好聚好散的，不料事后对方居然专门发信息来讥讽自己。

“就因为我没有一份高大上的工作，就甩了我？呵呵，说白了，你不就是嫌我穷吗？那你滚去找个富二代吧！”

淼淼说，这条微信让她觉得又气又好笑。

生气的原因是，自己被前男友认为是拜金女，这简直是赤裸裸的人格侮辱。

好笑的原因是，白哥以为两人分手是因为自己嫌他“穷”，却不知道真实的原因是自己在他身上看不到一丝的希望。

“我对他已经彻底死心了。”淼淼一边握着咖啡杯，一边叹着气。

男生们永远不会知道，一句“对啊，我就是嫌你穷”的背后，

包含了女生多少的心酸与绝望!

02

每一个没有安全感的女孩背后，都有一个不求上进的男人。

淼淼和白哥是大学时候在一起的。尴尬的是，这是一场横跨几千公里的异地恋。

白哥在海南上大学，而淼淼在四川念书，每次放假两人都会相约旅游。可不知为什么，旅途中大大小小的费用都是淼淼支付的。

白哥对此的解释是，他母亲是个标准的全职太太，家里只有父亲在挣钱。不像淼淼父母都是做生意的，家境殷实。“这方面你多担待，我也是家庭原因使然，抱歉啦。”

一开始淼淼还有点“不服气”，毕竟从小到大自己都是被当作公主来宠的。但是了解到男朋友的真实家境后，出于一丝的同情和狂热的爱情，淼淼逐渐接受了这个设定。

在诸如情人节或者圣诞节的时候，淼淼总会尽可能地送白哥他喜欢的东西，比如知道白哥是游戏迷，淼淼就送了个七百多元的机械键盘。

而白哥呢，送淼淼的那些毛绒玩具，甚至连走线都是不齐的。我甚至都怀疑，它们是淘宝九块九包邮或者是商家附送的。

白哥经常挂在嘴边的话是：“我现在没钱，等以后有钱了，一定给淼淼买好的！”

彼时沉浸在爱情中的淼淼，听不进去我们这些朋友的劝阻，天真的相信着白哥所说的每一个字。

毕业之后，两人的分歧逐渐显现。

淼淼在父母的安排下进了一家事业单位，待遇和社会地位方面都很不错。可是没过两年，她却表示自己想再出去闯荡一下。

“这里的待遇是不错，可要想在杭州扎根发展，绝对是远远不够的。”

“别闹了！你现在这个工作福利多好，多安稳，我想进都进不去呢！”白哥不仅不支持淼淼的想法，而且在工作上也没什么追求，拿着四千多的工资就心满意足了。每天下了班回家就在电脑游戏前“生了根”，就连他最基本的个人卫生都是淼淼在打理。

淼淼曾想过借着亲戚的关系，帮白哥换一份虽然累点但薪水高的工作。但是，她刚一开口就被白哥给怼了回去：“要我求你那些趾高气扬的亲戚？不可能，男人都是要面子的。再说了，我现在这工作不挺好的吗，虽然工资少，但是清闲啊。”

之后两人的争执越来越多，有一次白哥又拿淼淼“是不是嫌弃他穷”来说事，淼淼终于忍无可忍，提出了分手。

事后，我问她后不后悔，她用《源泉》里的一句话回答了我：“在所有合适的关系中，从来都不存在一方为另一方做出牺牲。我已经为他付出得够多了，我问心无愧。”

03

白哥的穷，不仅仅是钱财之短，更是源于他心智与性格上交杂的自卑与自负。换言之，他穷得“理所当然”，穷得“无所畏惧”，他心甘情愿做一只被命运宰割的羔羊。

人穷一时不可怕，心“穷”一生才可怕。

这种人如果流年得利，一下子得了许多钱财，那可不得了，他绝对会到处宣扬你“嫌贫爱富”的事，诋毁你、挖苦你、讽刺你。

比如年初闹得沸沸扬扬的“梁诗雅，我花208万祝你新婚快乐”，写信的男人叫“阿飞”，自称曾是个穷小子，后来有钱了，于是他在前女友新婚那天，花三十九个比特币，买下全国一百座城市的公众号头条版面，只为给前女友梁诗雅送一份祝福。

“他很有钱，我知道，以前我是个穷小子，没有资格爱你。现在我有钱了，却再也没有机会爱你了。望你一切安好，幸福安康。还有，不要再用金钱去衡量一个人。”

撇去营销的成分不说，单看这封信，表面的款款深情掩饰不住背后的尖酸刻薄：“当时你嫌我穷，现在我发达了，你后悔死了吧！”

像阿飞这样的男人，无论荷包赚得多么满，内心深处还是一个穷人。

我猜，梁诗雅当年没跟他在一起，可能就是察觉到了他的小肚鸡肠和玻璃心。和这样内心病态的人相处，日子又怎么可能过得幸福呢？

人们常说，所谓恋爱，就是突然有了铠甲，也有了软肋。

可是，如果这件“铠甲”再也没法守护你，沦为软肋的时候，请你果断卸下它。

电影《怦然心动》里有一句台词是这么说的："斯人若彩虹，遇上方知有。"你需要找的男人，应该是黑夜中的光，浓烈炽热，指引你走向更好的自己，让你有力量去抵御外界的伤害，也能怀着谦卑之心来反省自己。

那种在他身上看不到未来的男生，请你果断远离他。他就像一个深不见底的泥沼，会不断地把你往下拉，甚至有一天还会厚颜无耻地反问你："我俩混得好惨，为什么你不更加努力点？"

对不起，她可以惯着你，也可以随时换了你。现在，她不过是忍着你而已。

我从不秀恩爱，但我的兄弟都知道你

01

昨晚在公众号后台收到一则留言："西门君，我最近刚交了一个男朋友，他个子高高的，皮肤很白，工作的公司是世界500强，他简直就是男神一般的存在。我们交往的四个月里，他对我体贴入微，我感觉自己就像是捡到宝了……但有一个小问题——他不喜欢在社交平台上晒关于我的事，这实在让我有点小郁闷。我可是一个谈恋爱特别喜欢秀恩爱的女生啊！西门君，为什么你们男生都不喜欢在网上秀恩爱啊？"

她的故事，让我忽然想到了自己最近看的一档综艺，叫作《妻子的浪漫旅行》。这档探索夫妻相处模式的节目，被谢娜活活弄成了自己和张杰的"撒狗粮现场"。

应采儿重温当年和陈小春在演唱会上深情对望的画面时，谢娜在一旁一言不发，直到话题快结束时，谢娜突然蹦出一句："我在杰哥演唱会台上呢！”言外之意很明显——你在台下互动有什么了不起的，我可是老公演唱会的表演嘉宾，也难怪应采儿听了“想打人”了。

节目里，别的女嘉宾都会吐槽自己的老公，除了谢娜。

她为了塑造出自己童话般的婚姻，拼了老命地在网上和生活里秀恩爱，生怕说了一句张杰的坏话，全天下就会以为他俩的感情出现了危机。

为什么以谢娜为代表的女性会患上“不秀恩爱会死”的病呢？答案就是：“吃醋心作祟”加上“安全感匮乏”。

吃醋和安全感匮乏让很多姑娘迫不及待地想昭告天下自己名花有主：“我已经是 ××× 的女朋友了，你们别再痴心妄想啦！”

回到那个问题，我们男生是不是都不太喜欢秀恩爱？答案是“Yes”，因为我们不爱吃醋，也不缺乏安全感。除此之外，我们普遍觉得男生秀恩爱……挺矫情的。

我大学时候谈过一个女朋友，没事就要求我给她拍照，拍完还要专心修半小时的图，才肯上传至朋友圈。我总是象征性地点个赞，并没有复制再上传的打算。因为我觉得，彼此圈子的人互相都认识，何必用同一张照片刷两次屏？

02

有时候我特别纳闷，为什么当代人感情的发展，是被社交网络牵着走的？

恋爱，不应该是拿来给外人评说的，而是你和他两个人去感受的。

日后分开了，若是翻阅到曾经秀恩爱的痕迹，想必也会尴尬得想打自己的脸吧。

各位姑娘请冷静想一想，“秀恩爱”的初衷是什么？第一，宣告自己的感情状况；第二，展示自己过得很幸福。

这一切都是为你们的感情服务的。“恩爱”才是最重要的核心，“秀”不过是一种形式，千万别本末倒置。

我的一个朋友很苦恼，因为他被女朋友要求每天必须至少发一次关于他俩的日常。“很多人都因为这个屏蔽我了！”他无奈地哀叹道。

当甜蜜的日常变成了例行公事，很多感情就变味了。

譬如情侣头像，其实应该是两相情愿的事，但是很多时候变成了感情捆绑。

“我挑了好久的情侣头像，你怎么说换就换？是不是怕被小姑娘看见？”

“不是啊，但是我爸妈还不知道咱俩的事呢……过段时间再用好不好？”

“拜拜。”

我想说的是，永远别以对方不在网上秀恩爱为由，认定对方不爱你。

这句话，男女通用。

03

明着秀恩爱，私下里同床异梦的，多了去了。

网上风轻云淡，私下爱得澎湃汹涌的情侣，我见过的也不少。

其实你冷静想想，对方晒不晒你的事和爱不爱你，真的没有必然联系。

诚然，有很多渣男为了防止“后宫争斗”，不愿意发女友的照片。但是话又说回来，如果你的男友铁了心要出轨，他完全可以发个照片分组“只对你可见”。说白了，还是一个“信任”的问题。

你足够信任他，他在现实里对你体贴备至，不在网上秀恩爱又有何妨？你已经深深怀疑了他，他在网上天天晒你俩的合影，又有什么意义？

之所以说“晒恩爱分得快”，是因为一旦你把二人世界置之网络，为了维持这份曝光的甜蜜，你得花大量时间和精力去经营。

如果有几天你突然不晒了，你的朋友们就会心生疑问：“他俩是不是出什么问题啦？”

想想都觉得累。日子久了能不分手吗？

当然，西门君也不是真的不让你秀。在你俩感情稳定的初期，同时晒一次，让全世界都知道你俩找到了另一半。总之，“不晒则已，一晒惊人”。就像某位知乎大 V 说的那样：“晒什么恩爱啊？有本事晒结婚证！”

作为男方，你可以不晒恩爱，但是绝对不要抵触对方晒。如果实在有难言之隐，比如不方便用情侣头像之类的，请耐心和对方沟通。

其实，只要对方真心爱你，不晒恩爱也不是什么严重的问题，因为有些人恋爱的模式就是内敛的。就像《把你交给时间》里的那句话说的那样：“内敛的深情，掌握太好的分寸，在旁人看来也许都是深不可测的冷漠吧。”

别人无法理解就罢了，作为枕边人，你就不能“网开一面”吗？

想一想，在寒冷的冬夜，他将你的手放入自己的大衣取暖……那一刻，你眼前的这个男人，有没有在网上秀过你的存在，又何伤大雅呢？

亲爱的，请原谅我从不晒恩爱。但是……我的兄弟们都知道你呀。

永远别在感情里，跪着供养一尊佛

01

被称为“上海第一代网红”的沈丽君，于 2018 年 9 月 10 日跳楼自杀了。

对于这个名字，你也许有些陌生。简单介绍下，她曾出演过喜剧《家有喜事 2009》，与古天乐、吴君如等明星均有过合作。

癌症的折磨加上丈夫的背叛，是沈丽君轻生的导火索。她走之前在手机备忘录里留了封遗书，写下了自己这些年受到的不公平待遇。

为了满足丈夫“传宗接代”的愿望，沈丽君生娃前后打了两百多针保胎针。

为了当上婆婆眼中的“贤妻良母”，她辞去了年薪数十万的工作做全职太太。

孩子和自己生重病，丈夫不闻不问，无情得像是冷血动物。不仅如此，他出去赌博和包小三用的钱，是沈丽君存了好几年的积蓄。

她也曾经试图离婚，但是被丈夫用暴力的手段驳回。无奈之下，她只得含着眼泪隐忍下这一切……

看完这些文字，你们是什么感觉？很愤怒对不对？西门君也有同感。但是比起渣男丈夫，我却对女方更加愤怒——你难道没想过搜集丈夫出轨和家暴的证据给法院吗？为什么要到死的那一刻，才想着去曝光渣男和小三的嘴脸？

曾经如夏花般绚烂的生命，就这么在无尽的痛苦中慢慢凋零了。

鲁迅先生说过一句名言："哀其不幸，怒其不争。"这就是我此时此刻的内心写照。

我想奉劝那些沉浸在爱河无法自拔的男女一句——永远别在感情里，跪着供养一尊佛。

02

世间多少渣男，都是一帮好姑娘给惯出来的。

前几天，小晴跟我说，她想要结束自己长达六年的恋爱了。她是一个做事全身心投入的人，这一点在她和原木的感情中体现得淋漓尽致。

他俩是高中同桌，小晴学习好，原木贪玩，每次两个人的作业都是她熬夜做的。小晴会每天早早地下楼买好早餐等原木，而他却总是打着哈欠迟到。原木也经常找小晴借钱去网吧玩游戏，尽管她有点反感，但依旧一次又一次地借给他。

我们不止一次地劝过她，不要老是惯着原木，可是她总是不以为意地回应道：“千金难买我乐意！”

小晴经常像个老妈子一样操心男朋友的学习，不过，她的操心也确实有用。原木，这个人们眼中的阿斗，最后如愿以偿地和小晴考上了同一所大学。当她得知这个消息的时候，当场高兴得直蹦跶，当晚就和原木宴请了我们大家。

我们借此机会劝说原木“要好好对小晴”，他一边识趣地抱着她，嘴里一边念叨着：“我会的，我会的。”

大学期间，他俩同居了。原木嘴上说得特别好听，“这样可以有更多的二人世界了”，可是我们心里都清楚，更主要的原因是他深夜打游戏被室友控诉了，然后还懒得洗衣服。

不过小晴不在乎这些，她觉得自己和男友提前过上向往的婚姻生活，兴奋都来不及呢。

然而过了一段时间，小晴的美好幻想被一点一点击碎了，用她自己的话说：“我和他，一个像是信徒，整天跪着，一个却像一尊佛，高高在上。”

小晴除了每天打扫卫生，处理洗衣、煮饭等杂事，还要兼顾自己的专业不被落下。而原木呢，等着女朋友给自己端茶倒水，洗衣做饭，这样他便可以舒舒服服地打游戏、刷抖音、看电视……我们戏称，他真的像是一尊理所当然地享受进贡的活佛。

两人也就此争吵过，他也确实改正了一点点，也会偶尔帮忙收拾一下房间了。

对此，她表示“很知足”，因此“变本加厉”地讨好着男朋友——

原木说想学尤克里里，她就拿出了一大半积蓄买了一台好的送他；他说要学调酒，她就攒钱买相关的工具和基酒……这些钱，都是她周末打工一点一点赚来的。

毫不夸张地说，原木想做什么，小晴都毫不迟疑地支持他。就像佛祖有时会托梦给信徒们提一些要求，信徒们哪怕一时为难，最后也会想方设法去满足。

可是，佛毕竟是佛，对于你的殷勤，他不会有一丁点的回应。

03

爱情，被戳穿就是骗局，没戳穿就是信仰。

当小晴累了提出分手的时候，原木一脸蒙，一副“你一定是在开玩笑”的表情。

“我不想再跪着当信徒了，我要的是两个人一起为未来奋斗，而不是我在战场上孤军奋战，护着背后的人不沾一滴血。”说这段话的时候，小晴的眼角噙着泪水。

最后，他俩还是分开了。

像原木或是沈丽君丈夫这样的人，他们的眼里只有自我，没有别人。如同佛祖以为信徒们会永远跟随自己一样，他们相信饭菜会热气腾腾地摆好在饭桌上，房子每天都会干干净净的，对方一定会不离不弃。

埃里希·弗洛姆说过一句名言，爱不是把自我完全消解在另一个人身上，也不是那种自私的占有，而是在保存个人自我的基础上，与对方融为一体。

不是每一段卑微到尘埃的感情，都能开出花来。即使开了，那果实一定也是苦涩的。

永远别在感情里跪着去供养一尊佛。你每跪一分，佛便猖狂一丈，猖狂久了，佛便成魔，而魔，是会噬人的。轻则噬去你的精力，重则会毁灭你的人生。

一个爱你的人，绝对不会舍得让你跪着的。对真爱的信仰，不需要通过膝盖的瘀青来证明。

第四章

新时代情侣“黑话”指南

不被爱只是不走运，而不会爱是种不幸。

——加缪

还不是怪你俩谈了一段“口 High”的恋爱

01

在这个互联网时代，很多人的感情都是始于微博、探探、陌陌这些社交软件。虽然有些人对此带有天然的抵触情绪，不过西门君倒是觉得无可厚非，毕竟它们只是提供一种渠道罢了，你不喜欢可以不用呀。

但“成也萧何败也萧何”，网络在催化出都市男女爱情的同时，也带来了一些不大不小的麻烦。

我不止一次地在后台收到过类似这样的留言：“西门君，恋爱中的她和网上的她，简直判若两人！网上的她，热情又健谈，但是恋爱里的她，和一个冰雪女王一样！”又或者“他追我时说得那么天花乱坠，在一起之后什么承诺都没有兑现，我要不要分手？”……

对于这些问题，我的回答统一明了：“还不是怪你俩谈了一场口 High 的恋爱。”

02

我们为什么讨厌“画大饼”的领导，就是因为他们除了会说，啥也不会。

“口 High 型情侣”的特点和这种领导也差不多。他们在感情方面，就是典型的“言语上的巨人，行动上的矮子”。一言以蔽之，他们每次谈恋爱，说的远比做的多。

比如我的大学同学小方，样样都好，唯独有这么一个臭毛病——动不动就喜欢嘴上跑火车。

他的前女友 Alice，是他“呕心沥血”，用尽毕生“把妹”的绝学才追来的。可惜热恋期过了之后，小方就有点心生倦意了。

他曾经许诺下次放假带Alice出国旅游，拖了半年，依旧没有实现。

他当年发誓“一定好好工作赚大钱养你”，可现实却是，他每天浑浑噩噩地去公司，浑浑噩噩地回来，还被降了职。

Alice 一开始还对自己的男朋友抱有幻想，后来逐渐心灰意冷，选择了离开。被甩后，小方愤愤不平地吐槽道：“现在的女孩子怎么回事啊，说什么都当真？童话书看多了吧？”

当时我听了，表面宽慰着他，心里狂骂他活该。

如果有些事你做不到，就别夸下海口，不知道期望越大失望越大吗？

你曾许诺为她打下一片江山，到头来呢？连半枝杨柳都未折下。

o3

熟悉我的读者应该很清楚，我经常写文吐槽异地恋。因为在西门君看来，异地恋正是不折不扣的“口 High 恋爱”。

脑补一下这个画面——你俩依依不舍，在西子湖畔道别，相约大学四年毕业后在北京重逢。语罢，挥手而别，一声“珍重”，自此天涯两端。

头两年，你俩靠着微信和电话死撑着，渐渐地，发现共同话题越来越少，“撑不住了”。

最后的结局是，你为她买的房子住进了别的姑娘，她为你学的厨艺暖了别人的胃。

这就是“口 High 型恋爱”的悲哀之处，因为你俩的感情基础大部分是依附于虚无缥缈的口头交流。这意味着，你们在网上聊得多火热，放下手机的那一刻，眼前的现实就有多苍白。

张志明与余春娇纠缠了八年，明明心底都深爱着彼此，可为何迟迟没有开花结果?

我理解的原因是，志明总是挂在嘴边的“放心啦，我会一生对你好的”，像极了一句玩笑话，让春娇难免忐忑不安，毕竟她的年纪已经耗不起了。

好在《春娇救志明》的末尾，志明用一场感人肺腑的演唱Live（现场），成功向春娇求了婚。

爱，绝不是一句空洞的口号，而是可见的实际行动。真正爱你的人，也许会让你望穿秋水，但是绝对舍不得让你空等太久。

04

当然，西门君也心知肚明，如果条件允许，谁甘心谈一场“口High”的恋爱？但遗憾的是，很多时候，是我们亲手扼杀了自己的幸福。

比如，一对老夫老妻，觉得彼此都这么熟了，何必再去麻烦对方呢？

“我生病了，你好好工作，我自己吃药就好。”

你的本意是好的，希望不要麻烦对方，可是在他看来，自己的一腔热情喂了狗。一番纠结后，他只得无奈地用“口 High”的方式回应道：“那你照顾好自己吧。”

殊不知，爱情这棵大树的成长，离不开两人彼此间互添麻烦，甚至可以说,所谓“爱情”,不就是两个相爱相杀的人互相麻烦一生吗？

恋爱离不开必要的“口 High”，因为没有了情话的滋润，就像两个不解风情的哑巴在恋爱。但恋爱也不能仅仅停留在“口 High”的阶段，因为那只是“看上去很美”的幸福罢了。剥开外壳，你会发现里面其实空空如也。

我很喜欢马薇薇在《奇葩说》里说的一段话：“真正的童话故事，不是王子遇见了公主，从此过上了幸福的生活，而是一个平庸的我，遇见了一个平庸的你。我们愿意放下幻想，放弃标准，做一对相互依偎的狗。因为此刻，我们只愿相互依偎，彼此忠诚。”

如果你爱她，请你拿出切实的行动来证明。毕竟，我们都已经过了耳听爱情的年纪了。

对不起，我不要间歇性恋爱

01

你有没有过这样的感情经历：

你和她在现实生活中如胶似漆，但是俩人一回到网络上，莫名其妙地就无话可聊了。

他对你时好时坏，若即若离，温暖时候像火山，高冷时候却又像冰川。

你许多段恋爱，都是热恋期来得快，去得也快。

如果你的答案是“Yes”，那么很不幸，你得了一种叫作“间歇性恋爱”的病。

什么算是“间歇性恋爱”？

我打个比方，兼职许多人都做过吧？不用天天去公司，但是该做的活一点不能落下，是一种极其特殊的工作身份。

在公司的时候，你完全可以假装自己是那里的员工，没人会质疑，可是你心底比谁都清楚，自己有名无分。

类似地，处于间歇性恋爱中的双方，也经常自我疑问——名义上，我和对方已经是情侣了，可为什么丝毫感受不到爱情的甜蜜呢？

很简单啊，因为“间歇性恋爱”，根本不配叫作恋爱。

02

我眼中的间歇性恋爱分为两种：一种是对于他人的，一种是对于自我的。

先说前者。

前段时间，我把自己的学妹小蝶介绍给了好朋友轩仔，他俩在网上聊得如火如荼，很快便确定了恋爱关系。为了表示感谢，轩仔决定叫上小蝶请我吃个饭。

我在欣慰之余得知，那竟是轩仔和小蝶的首次见面。

我臆想的情形是，我会成为明晃晃的电灯泡，而现实情况是，轩仔和小蝶分别和我有一句没一句地搭着话，却鲜少与对方展开互动话题。

“西门，最近工作忙不忙？”“还好，不忙。”

“看你最近的文章，阅读量涨了不少啊。”“哈哈，谢谢！”

我相信，你们一定能感受到我的那份尴尬。

一小时后，我看吃得差不多了，主动提出先走，暗示他俩可以开始二人世界了。

令我哭笑不得的是，他俩居然异口同声地说：“那就一起撤了吧！”

之后，他们两个人的感情也并没有得到升华，仅仅三个月就分了。

事后我逐渐领悟，轩仔觊觎的，不过是小蝶在朋友圈里沉鱼落雁的模样，而小蝶仰慕的，不过是轩仔不落俗套的生活品位罢了。

他们迷恋的，从来只是对方身上的闪光点，而不是对方本身。

再来谈谈另一种，对于自我的间歇性恋爱。

我有一个小兄弟 Kevin，风流成性，最高纪录是一个星期换了三个女朋友。

有一次，我借着酒劲儿问他："这种朝三暮四的恋爱，不腻吗？"

大概他也喝大了，一边狂拍我的肩膀，一边吐露着真言："哥们儿，如果可以长长久久的，谁愿意换来换去啊？"

Kevin 的恋爱观，让我想起迈克尔·翁达杰在《英国病人》里的一段话："在一半的时间里，我不能没有你。而在另一半的时间里，我又觉得无所谓。这不在于我爱你多少，而在于我能忍受多少。"

间歇性恋爱就像是一把双刃剑，一方面赐予人们随时置换对象的爽快感，但是另一方面，却也剥夺了人们稳定的幸福感。

说实话，这样的人蛮可怜的，看似无时无刻不在恋爱之中，可细思起来，却又和孑然一身无异。

03

"一周 CP"的游戏，估计很多人都玩过。半年前，出于好奇心，我也报名了。

特别巧的是，给我匹配的妹子也是杭州的。根据游戏规则，我们可以像情侣那样聊天、见面、轧马路。如果你是途经的行人，肯定会觉得我们是如假包换的一对——甚至连我自己，都有一种"我俩真的很般配”的错觉。

等到游戏最后一天，我看气氛烘托得差不多了，便胸有成竹地向她表白了。

她睁大双眼看着我，说了一句令我至今难以忘怀的话：“我们只是七天的恋人，just a game（只是个游戏），别太当真了。”

这就是间歇性恋爱的恐怖之处，赠你一夜美梦，让你以为自己终于遇到了人生挚爱。可到头来你却发现，这不过是一场空欢喜。

悲哀的是，明知如此，还是有数不清的痴男怨女奔赴在这条不归路上。

就像《我的前半生》里的贺涵与唐晶，十年纠葛，不是情侣胜似情侣。曾想过与对方生死相依，可却又无止境地互相试探，最终俩人还是耗尽了良缘。

我的理解是，他们既渴望爱情的滋润，又不愿失去自由的生活，于是半身沉浸爱河，半身回望尘世。

然而，这种各留一手的恋爱，恕西门君接受不了。

我渴望的，是“你心中只有我，我心中只有你”的专属甜蜜。

我渴望的，是一旦我们选择了彼此，此生便只有死亡能将我们分开。

我渴望的，是相见时炙热的拥吻，不见时亦有余温的思念。

哈珀·李说过一句话，深得我心：“要么爱，要么不爱，爱是这个世界上唯一不能含糊的事。”

如果命运不公，非逼我选一份间歇性恋爱，那么对不起，我宁愿选择常态性孤独。

毕竟，失去远比拥有踏实啊。

薛定谔的单身

01

前天晚上，我、阿辉和元哥三个人在 KTV 唱得正“high”，突然一个姑娘怯生生地推开门道：“阿辉，我迟到了，不好意思。”

我和元哥呆立着看他把姑娘从门口牵到座位上。

“萌萌，给你介绍下我的两个小兄弟，西门和元哥。”

说实话，我当时蛮不爽的。说好的“男人 KTV”，怎么半路杀出一个妹子？

这就罢了。不料，借着几分酒劲，阿辉和萌萌居然旁若无人地激吻起来，搞得我和元哥尴尬得快要爆炸了。

从 KTV 出来后，阿辉把萌萌送上出租车，然后约我和元哥去烧烤店撸串儿。

“这个新女友挺正啊，阿辉你好福气啊！”元哥坏笑着调侃道。

“什么女朋友？朋友，朋友而已！我是万年单身狗，你们知道的。”阿辉嘚瑟地倒着酒。

听到这句话，我忍不住狂翻白眼。但是不得不承认，打着单身狗的旗号到处勾搭的人，绝不止阿辉一个。

02

“薛定谔的猫”这个物理实验你一定听过——“盒子里有一只猫和放射性物质，假设有百分之五十的概率发生衰变，那么猫会死亡，反之，猫会存活。在你监测盒子得出结果之前，因为你不确定盒子里的衰变发生与否，所以理论上，那只猫处于又死又活的状态。”

是不是觉得，这实在太有悖于常理了？可这个悖论，是真真切切存在的。

换个视角，在现代都市男女身上，其实也存在着这种悖论——有一类人，他们披着单身主义的外衣，万花丛中过，片叶不沾身，感情生活始终如谜。

我大学的学弟 Alex 是一个富二代，平时没什么特殊的嗜好，就爱泡夜店。每每被他喊去喝酒的时候，总是见他身边各种美女环绕，煞是风流。

我不确定他是否夜夜笙歌，但我确定只要他想，易如反掌。

如此这般的潇洒，倘若你问身边的男性是否向往，回答“不”的人多半是撒谎。

不过话又说回来，“酒池肉林”的日子过腻了，生活恐怕也会因为麻木而变得索然无味吧。

“出色”的男性不缺妞泡，优质的女性也不乏人撩。

去年的圣诞节，我和当时正与我暧昧着的姑娘去看了话剧，从剧场出来之后，她微笑着和我说：“西门你先回去吧，朋友来接我。”

我欣然应允，完全预料不到一幕好戏即将上演——我下意识地蓦然回首，瞥见她微笑着上了一辆捷豹。

不过当时我并没有想太多，直到她午夜发了一组吃夜宵的照片，我才恍然大悟，气得立马评论了一段略有讽刺意味的文字。十分钟后，她回了一段话：“你这个人很莫名其妙啊，你又不是我男朋友，凭什么管我？我单身，想和谁玩和谁玩。我有说过吧，老娘不缺人追，只是自己不想谈恋爱罢了。”

我无法反驳，因为她说得句句在理。

这就是薛定谔单身的狡黠之处，世人无法去苛责，只能眼睁睁看着他们一边尽享爱情的欢愉，一边从容规避爱情的沉重。

03

美国作家克里南伯格写的《单身社会》里，揭示了这么一个趋势——随着社会的发展和观念的转变，单身的人会越来越多。

然而，依我看来，这种“单身”并不是传统观念里的自我封闭，而是更贴近于我所描述的“薛定谔的单身。”

关于婚姻和单身的辩证关系，钱钟书的描述很精辟：“城外的人想进来，城内的人想出去。”这看似无解的围城死局，却被现代人以中庸之道轻易破解：“只要我以爱之名摇旗呐喊，是不是单身，做不做情侣，又何妨呢？”

于是，“薛定谔的单身”者纷纷化身为围城里的门卫。城内有庆典，他们便欣然入城，城内有骚乱，他们便惶然弃城。

进可攻，退可守，鱼和熊掌可兼而得之，这在花花世界里游刃有余的单身姿态，简直完美。

你们可能会以为，西门君写下此文是为了批判这个群体，其实并不是，对他们的恋爱观念，我予以尊重和理解。

如同村上春树所言：“哪有人喜欢孤独，不过是不想失望罢了。”在薛定谔的单身者们肆意潇洒的背后，是他们对孤独深深的恐惧，他们唯有通过无止境地追逐男欢女爱才能填补内心的空虚。

另一方面，他们在沐浴爱情的同时，却又抗拒着爱情带来的束缚感。他们在单身和恋爱的“楚河”两边，各立一只脚，看似洒脱，实则无奈。

尊重归尊重，理解归理解，可说句掏心窝子的话，西门君还是希望人们远离这种思潮。诚如 *La Serra*（塞拉）里的经典台词所言：“爱情是世界上最细小的词，只能落在一个人身上。”

试想一下，在一个人人都是薛定谔的单身者的社会，没人会对真挚的爱情朝圣，一句“我爱你”甚至可能成了烂大街的招呼语。

昨天还跟你海誓山盟的姑娘，今天却依偎在了别人的怀中。

这种速食主义般的爱情，就像海洛因一般，让人狂欢过后怅然若失，除了后悔和虚无，什么都没有剩下。

这样的社会，你真的向往吗？

求求你，原谅那些“被动型热情”的人吧

01

前两天参加了一个初中同学会，期间我随口问了一句：“你们和阿涛还有联系吗？”某位女同学弱弱地反问道：“阿涛是谁来着？这名字好耳熟……”让我瞬间尴尬不已。

不过话说回来，同学们对阿涛印象不深也是情有可原的。因为当年阿涛是班内不折不扣的“独行侠”——课间时候埋头整理着上课笔记，放学时候也一个人踽踽独行。

无论从哪个角度看，阿涛都不是一个很好相处的人。如果不是我有一次火急火燎地求助数学作业，我可能这辈子都不会和他有交集。

“你先拿去抄吧，但是作为交换，你得告诉我写出高分作文的秘诀。”万万没想到，平时一向高冷的阿涛主动向我伸出了援手。

“没问题。谢谢！”

放学以后，我主动约阿涛搓了一顿麦当劳，顺便分享了自己的

一些写作心得。

从那之后，我俩一直断断续续地保持着联系，至今已经十余年了。如果要我评价阿涛的性格的话，恐怕很难用三言两语概括——他不喜于表达，却又善于倾听。说他擅长社交吧，与事实不符，说他孤僻吧，倒也不至于。

如果要我硬下一个定义，恐怕得凭空造出一个词条，姑且叫作“被动型热情”吧。

02

“其实，我并不算是标准意义上的内向。”有一次喝酒，阿涛突然剖析起自己，“阿多尼斯讲过一句名言，感觉就是在说我，‘世间所有的内向，不过无法忍受别人的无趣罢了’。”

我举双手双脚同意。

前段时间，有一个倒追我的姑娘拉黑了我。拉黑之前，她发给我这么一段话：“西门，我有时候真的觉得你有点捉摸不透，从不主动找我聊天，但是每次我找你聊天又感觉你挺健谈的。跟我玩欲擒故纵是吧？走好不送！”

我当时的感觉，就像一个打酱油的观众看完一部独角戏，结果发现片尾的演员表跳出了自己的名字，简直莫名其妙。

当然，不得不承认她所言不虚。我也曾为此反思过自己的社交习性，确实比较“奇葩”——你主动找我聊，我会很热情地回应你，但想让我主动联系你，难于上青天。

如果让我用王朔的一本书评价自己，那我八成会选《一半是海水，一半是火焰》。

“被动型热情”的人，在感情里是很吃亏的。就像《前任3》里的孟云和林佳，一个以为对方不会走，一个以为对方会挽留。

你可以吐槽他们矫情或者作死，但是希望你明白一个道理——这世上就是有那么一部分人，他们无法坦率地表达自己的感情，无法逼迫自己强行打开心扉。这是刻在骨子里的淡漠，不是说改变就能改变的。

03

你们都在公共场合自我介绍过吧？一般情况下，十个人会有九个说自己外向开朗，而第十个，也绝不会自诩为“内向”的。

这个社会似乎有一个不成文的共识——外向是值得被褒奖的，而相比之下，内向就仿佛成了一种次等的性格。

可是事实果真是如此吗？当然不是。

内向的人创造力更强，更富想象力。比如写出《哈利·波特》系列的J.K.罗琳和写出《冰与火之歌》的乔治·马丁，他们都在采访中坦诚，自己是一个内向的人。

除此之外，在这个人人都热衷表达自己的年代，内向的人就成了最佳的倾听者。某种程度来说，他们其实并不内向，只是不擅长对不亲密的人开朗罢了。

这就是“被动型热情”的人的哀伤之处，他们只是慢热，并不冷漠，但是迫于社会舆论的压力，许多内向者还是逼自己强颜欢笑，融入人群。

其中有一部分人成功脱胎换骨，摇身一变成了外向者，可是还有一部分人，由于天性使然，只能在外向和内向之间谋求一个妥协点，最终成了夹在汉堡中间的菜叶。

这些“菜叶”，在平日的社交里，他们排斥成为活动的组织者，玩起来却又比谁都疯。在感情的世界里，他们从不愿主动迈出一步，但是只要对方伸出手，他们一定会死死地抓住。

就像《犬夜叉》里的杀生丸，尽管平日沉默寡言，看似冷血无情，但是在其高冷的外表下，藏着一颗炙热之心。“这世上，与玲的生命对等的东西并不存在。”你很难想象，这句话居然出自杀生丸之口。

别以为只有外向的人才渴望成为人群的焦点，每一个“被动型热情”的人，也都渴望展现自己的热忱，也渴望大声呐喊自己有多么不舍得一个人。

可是他们……不，我们，真的做不到啊！

那句“我需要你”，宁愿卡在喉咙，烂在心底，也绝不会让你知晓。不是我们不想，而是我们不能。

如果可以，求求你，原谅那些“被动型热情”的人吧。你永远也不知道，你眼中的冷冷清清，已经是我们能够拿出的全部温度了。

我养过最大的宠物，是我的女朋友

01

花花谈起新交的男朋友，满脸洋溢着热恋的喜悦。

“我跟你们说哦，阿辉（她男朋友）对我可好了，无微不至地照顾我，不知道我爱吃什么，就把最俏的零食都买回来，那些烧菜洗碗的家务活，他也都全包了……我感觉他就像是我的保育员，哈哈。”

我皱了皱眉，挤出一个赔笑的表情。

“花花啊，我还有点事，先撤了。”

“我也差不多该走了，咱俩好像一个方向吧？我叫男朋友过来接下我，顺道载下你。”

“他从哪过来？”

“花蒋路。”

“这么远！咱还是打车吧，别麻烦人家了。”

“没事啦，他随叫随到的。”

眼前的花花像是一个孩子，肆意享受着幸福的环抱。只是，如此这般的“幸福”，却让我为她捏了一把冷汗。

02

当年有一篇叫作《我想在你面前当个废物》的文章在网上流传甚广，大意是：“最好的爱情，是我在你面前当个废物，而你操办好了一切。”

是这个社会病了还是我的恋爱观过时了？

文末甚至还有这么一段话：“我只想牵着你的手，当一个路痴，一位健忘症患者，一名生活不能自理人士，一只幸福的废物。”

我的天，在这个时代，当废物也成为一种光荣了吗？

想当年，花花信奉着“靠男人是女神，靠父母是公主，靠自己是女王”的信条，毅然地从家里搬了出去，用积蓄开了一家店卖板栗，生意也算是红火。那段时光，她走路都是带风的。

而如今，她日渐丧失着生活自理能力，身材走样了不说，赚钱方面的斗志也不复存在。

我承认，她的男朋友体贴又温柔，学历高又家境殷实，简直完美。然而，我作为见证过她当年有多么独立自主的朋友，却感到无比痛心。

这种所谓的“幸福”，就像是麻痹人大脑的海洛因，编织了美妙的生活幻影，也在不知不觉中蚕食着服用者的意志。

就像波伏娃说的那样："女人的不幸在于被几乎不可抗拒的诱惑包围着，她不被要求奋发向上，只被鼓励滑下去到达极乐。当她发觉自己被海市蜃楼愚弄时，已经为时太晚，她的力量在失败的冒险中已被耗尽。"

03

很多人类陷入了"饲养型"恋爱里，不以为耻，反以为荣。

之前看过一个新闻，某女子被甩后欲跳江轻生被拦。警察问她为什么想不开，她的回答令全场人噎然无语："他把我照顾得太好了，现在他不要我了，我的生活一片狼藉。没意思，死了算了。"

武志红老师说过一句一针见血的话："中国人的情感模式，都是在找妈。无论男女，皆是如此。"

对此我深表认同。许多人以为，只有男性会有俄狄浦斯情结，其实有些女性又何尝不是如此？有些女性喜欢与比自己年长几岁的男性在一起，原因就是对方身上闪耀着体贴入微的"父"性光辉。

如亦舒的《我的前半生》里觉醒前的罗子君就是个典型。想做个饭，结果连最简单的烹饪手法都不会；只要有一点不顺心，就会拿保姆撒气；生活的圈子小得可怜，能算交好的朋友也只有唐晶一人。

她心安理得地享受着巨婴的生活，当一切分崩离析后，又不可避免地爱上了全能的贺涵。

西门君无法理解，这种"衣来伸手，饭来张口"的生活究竟有什么值得羡慕的。

我在微博发出质疑后，有一位网友讽刺了我："一个愿打一个愿挨，这是他俩感情的私事，有何不可？"

恋爱观没有高下之分，这个道理我当然懂。只是，当一种极端的恋爱模式被搬到台面上大肆宣扬的时候，我们是不是应该冷静思考，谨慎以待？

况且，感情的废物难免会伴随着生活上的低能，当这种低能给周遭的人造成困扰的时候，谁来埋单？

04

曾经和几位朋友闲聊，"你养过最大型的宠物是什么？"大家一阵七嘴八舌之后，决定把桂冠颁给一位男生，因为他说："我养过最大的宠物，是我的女朋友。"

他的自嘲里，有多少无奈的成分，无人知晓。

情侣间最融洽的相处模式应该是什么样的？作家柏邦妮给出了她的回答："比起两个人慢慢变老更美妙的，是两个人慢慢变好。"

如果一方不断奋进，而另一方原地踏步甚至倒退，那么两人之间的鸿沟只会越来越大。

对于"饲养型"恋爱，西门君的态度是这样的——"我可以把你当成女儿宠爱，但不代表你可以把我当成爸爸撒泼。"

当"饲养员"的付出成为例行公事之后，只要他有一点点的松懈，被照顾方就会胡思乱想："你是不是不爱我了！"

这样如履薄冰的感情，是不可能长久的。

何况，谁都没有照顾别人一辈子的义务。他对你的照顾有可能是一时兴起，也有可能只是三分钟热度。如果有一天他甩手而去，那个一无所有、一无是处的你，该怎么办？

分手吧，我们的合约到期了

01

在倪妮和井柏然各自的工作室发表分手声明后，网上的吃瓜群众憋不住了，开始各种空穴来风地臆测，“两个人只是形式恋爱而已”“不过是合约情侣罢了”……

这种没有证据的臆测，有意思吗？

倪妮和井柏然究竟是不是合约情侣，我并不在意。我在意的是，“合约情侣”这种新兴的恋爱观，或许正在不知不觉地荼毒我们的内心。

“合约情侣”，顾名思义，就是一对恋人约定好一个恋爱周期，可能是几个星期、几个月、几年，到期了就分手，感觉 OK 再续约。

听起来是不是很雷人？不过你还真别说，我周围的“合约情侣”是越来越多了。比如，小凌和她的（前）男友阿风。

“阿风是我们班的班草，当时是我倒追他的。他太受欢迎了，听说还有学校外的女人开着宝马来追他。”

说实话，每次听到这种狗血的故事，我的内心都毫无波动。不过令我万万没想到的是，更狗血的剧情还在后面。

“不过他说，恋爱可以，试用期两个月，磨合好了就正式恋爱。”小凌苦笑着对我谈起往事。

“试用期？别告诉我，你答应了。”

“哎，恋爱中的女人都是没有智商的，我那么喜欢他，当然只能咬牙答应了啊。”

“然后呢？”

“怎么说呢，那两个月和他相处的模式怪怪的。有些时候我感觉和他像是情侣，比如肢体上的接触之类的，但有些时候吧，又感觉他聊天不冷不热的。他的社交平台上也丝毫没有要宣布脱单的迹象。”小凌挠了挠耳朵，一副难以启齿的样子。

“好吧，那两个月之后呢？‘转正’了？”我情不自禁地翻了一个白眼。

“一说这个我就来气，两个月之后，他给我发了一条微信，说恭喜我‘转正’，晚上去他家吃饭，举行一个‘转正仪式’。我又不是无知少女了，这什么意思我还不懂？果断拉黑了。”

这下子轮到我尴尬地挠耳朵了。

“合约情侣”作为一种新兴的恋爱模式，固然不应该被一棍子打死，只是细细琢磨起来，总觉得哪里不对劲。

父辈们的爱情，张口就是刘德华的“爱你一万年”，可我们呢？连两个月都要先试个爱。各自留好后路、虚与委蛇、心怀鬼胎。

想恋爱，就大大方方恋爱，整什么幺蛾子！搞什么“恋爱合约”！感情好想续约，是不是还得充个会员，买一年送三个月？

02

关于“合约情侣”，《黑镜》第四季的“绞死 DJ”讲了一个脑洞大开的故事。

在一个类似乌托邦的世界，人们必须按照一个叫作 Coach 的人工智能指令行事——甚至包括和对象的匹配。

一男一女被 Coach 智能匹配后，就进入了有周期的恋爱环节，周期从几年、几个月到几个小时不等。你不能质疑，更不能反抗，因为“系统是为了你好”。无论你的对象多么无趣，和你的三观多么不合，你也必须咬着牙熬到合约到期的那一天。

反之，哪怕你和匹配的那个人爱得你侬我侬，为了遵循游戏规则，到期之后也必须分开，不然就会受到严厉的惩罚。

经历过几次行尸走肉般的恋爱之后，初次见面便难以忘怀彼此的男女主角下定决心，无论 Coach 有多么智能，惩罚有多么严厉，他们都要携手私奔，逃离这一切。

故事的结局很美好。原来，他们不过是一对约会配对 App 里的模拟人物，真实的两人正在酒吧看着这个模拟结果。

“合约情侣”看似随性、自由、前卫，但细细分析后就会发现，其实压根实现不了。

你想，如果真的按照“合约”判断，敢问他一不小心多喜欢了你一天，你还要向他索赔违约金不成?

o3

为什么现在越来越多的人感叹“谈恋爱又没意思又累”?

没意思是因为谈恋爱像是按部就班的公事，每一步都得规划好再前进，累是因为除了上班要完成领导的业绩考核，下了班还得依着对象履行所谓的“义务”。

《真爱至上》里有句经典台词是这么说的：“当你已经决定和某人共度余生的时候，你会希望余生尽快开始。”一个人之所以会和你定下恋爱合约，说白了，无非是他没有那么喜欢你。

恋爱就是恋爱，它是纯粹且感性的。一旦用数字和目标去裹挟任何一方，两个人的感情立马会变得俗不可耐。从你俩签下合约的那一刻起，日后每天的“早安”“晚安”都成了例行公事般的上下班打卡，每次的付出与回报都被当作 KPI（关键绩效指标）考核，每一吻的浪漫都成了倒计时的饥渴操作。

这样的恋爱，你找别人谈吧。对不起，我的时间很贵。

“分手吧，我们的合约到期了。”

“我不是终身 VIP 吗?”

“又不是只有你一个 VIP。”

第五章

你的英雄之所以盖世，不过是因为你的世界太小

爱情是奢侈品，很多人终其一生拥有的不过是一段段关系。

——《再见金华站》

你的英雄之所以盖世，不过是因为你的世界太小

01

在西门君的心目中，最经典的华语电影莫过于周星驰主演的《大话西游》，上下两部加起来我看了不下四遍，每一遍都有不一样的感受。

如果你问我这部电影最让我动容的桥段是什么，我会回答："紫霞之死。"

紫霞仙子原本是如来佛祖座下的一根灯芯，幻化成人形来到凡间后，遇见至尊宝并认定他是自己命中注定的如意郎君，随后大胆追求，可惜未能如愿，迷失在沙漠里。之后被牛魔王掳走并逼婚，宁死不从，倒在了变成孙悟空的至尊宝怀里。

可以说，从紫青宝剑被拔出鞘的那刻起，紫霞的悲剧结局就已然埋下了伏笔。

紫霞在影片中最著名的台词就是："我的意中人是个盖世英雄，

有一天他会踩着七色云彩来娶我。”

这句话她说了两次。第一次，满怀期待的喜悦；第二次，半是遗憾，半是满足。

每一次看到紫霞带着微笑死去的时候，我都会情不自禁地喟叹一声：“紫霞，你的盖世英雄降临了，然后呢？”

02

其实，紫霞仙子完全可以不用死的。真正致命的，并不是牛魔王的刺叉，而是她对爱情近乎偏执的痴狂。

网络上有这么一句话，当你对一个人重度依恋的时候，你就成了幼儿园等人接送的小朋友。

我的闺密小雅，就是这么一位为爱痴狂的“小朋友”。之所以这么说，是因为她的男朋友对她的照顾可谓是“无微不至”。

看到她的背包太重，他一把就夺过去背上，丝毫不觉得这样会显得娘气。

看到小雅在车里睡着了，他怕吵醒她，就静静地将车停在路边，耐心地等候睡美人的苏醒。

小雅说自己逛累了，他二话不说就背起她，完全不在意路人异样的眼光。

那段时间，小雅逢人就带着掩盖不住的喜悦笑道：“我遇见了自己的盖世英雄，真好。”

遗憾的是，爱情就像龙卷风，来得快，去得也快。当这阵风散去后，烟消云散，了无痕迹，只剩小雅一人呆立在原地，迟迟不愿接受自己被男友抛弃的事实。

在分手后不久，小雅在知乎上敲下了一大段“扎心”的文字：

“当你终于卸下层层伪装，决定奋不顾身地扑向一个人的时候；当你终于不再彷徨，以为自己在迷雾重重的大海上发现了灯塔的时候；当你开始反省，开始悔悟，勾掉了以往的所有烂账，打算站在他身边重新开始的时候；当你的生命因为一个人变得鲜活，蒙尘的心终于照进阳光的时候；当你满心欢喜，想要告诉他这一切的时候，他却推开了你。再见了，我的盖世英雄。”

在网上看到这段话的时候，我特别心疼。作为朋友，我曾经不止一次泼过她冷水：“你的英雄之所以盖世，不过是因为你的世界太小。”

可是她不听，非要撞了南墙才肯痛悟。

03

哪来的英雄，谈什么盖世。

木心先生的诗歌《从前慢》流传甚广，其中的那句“从前的日色变得慢，车，马，邮件都慢，一生只够爱一个人”。最受大家喜爱，因为它讴歌了父辈们从一而终的可贵爱情。

然而，这样的爱情观其实并不适用于每一个人。

现在这个时代，什么都快，选择也多，谁都没有必要非得吊死在一棵树上。

“井底之蛙”的故事我们都听过，一口废井里住着一只青蛙，它天真地以为，井口的景色就是全世界了。可在外人的眼里看来，这是多么悲哀的一件事啊。

我曾经在网上看过这么一个故事：一位姑娘不顾亲朋好友的劝阻，执意留在家里做宅女，因为她的男朋友会赚钱，养活两个人绰绰有余。

你看，她像不像一只井底之蛙？

不幸的是，后来她男朋友的生意出了状况，负债累累，他们的感情也亮了红灯。

爱情没了，经济来源断了。当时这姑娘的心里只有四个字：万念俱灰。

幸好，在朋友的鼓励下，她跌跌撞撞地走出了人生的低谷，并且重拾了大学时掌握的摄影技术，逐渐在摄影市场打出了一片天。几年后，她拥有了自己的私人订制旅拍工作室，也遇见了真爱。那一刻她才欣喜地发现："哦，原来这个世界这么大，有趣的人也并不少。"

就像韩寒说的："没有观过世界，你哪来的世界观？"看清楚这个世界，不一定能将世界变得更好。但是在你看清楚这个世界之后，你会想办法让自己变得更好。

不然，因为你接触的人群有限，所以你无论爱上谁，他都是英雄。因为你走过的道路太窄，所以只要是个"英雄"，就能轻易倾盖你的世界。

姑娘啊，请你擦亮眼睛，你的齐天大圣还在来的路上，别被野猴子迷乱了双眼。

你那不叫“仪式感”，就是“作”

01

不知道从何时开始，人们越来越喜欢把“仪式感”这三个字挂在嘴边——

“室友的男朋友在情人节为她买了九十九朵玫瑰，好有仪式感！”

“今年生日自己做蛋糕给自己吃，一个人，也要过得有仪式感。”

最搞笑的是，我看到网上有位大哥晒了一张照片，他左手端着泡面，右手提着红酒，美其名曰：“一包普通的方便面，也会因为有了上好的红酒而变得有仪式感。”

我看完狂笑不止。笑到疲惫之后，忍不住轻叹一声：“现在的人，对‘仪式感’三个字是不是有什么误解？”

关于仪式感，我听过一句绝妙的吐槽：“所谓仪式感，就是给没意义的事找点意义。”

我把这句话转到朋友圈，果不其然，过了十分钟后，我就被吐槽了：“西门君，你太偏激啦！”“呵呵，所以说你‘注孤生（网络用语：注定孤独地度过一生）’。”

万般无奈之下，我只得给每一条留言回复：“这是李诞说的。”

02

“生活是需要一些仪式感的。它可以是生日的一顿大餐，纪念日的一场旅行，也可以是清晨的一杯牛奶，出门时的一个拥抱，抑或是睡前的一句晚安。它可以很盛大，也可以很简单，它可以很隆重，也可以很平常……”看到小灵发在微博上的这句话，我全身都起了鸡皮疙瘩。

小灵是一个很注重“仪式感”的姑娘——每个周末清晨，她会去公园喂鸟；有空的时候，她会尝试做一道新菜；晚上临睡前，她会把当天的所见所闻记在日记上……

说实话，我非常欣赏她的这种生活态度，觉得很有格调——直到某天，她把这一切晒到了网上：“快看！我做的圣诞大餐和我搭的圣诞树，是不是很有仪式感？哈哈。”

那一刻，我觉得她口中的“仪式感”变了，变得不再纯粹了，仿佛她亲手缔造的美好生活，只是为了博得他人的关注和喝彩而已。

我私信问她，真的觉得这些是“仪式感”吗？它们不就是一些很日常的事情吗？

大约十分钟后，她回了我一句：“我觉得是就是，难道还需要你审批吗？”

我哑口无言。

确实，如同小灵所言，“仪式感”是一个很主观的词，你觉得有，别人不服也没有办法。但是我窃以为，“仪式感”是不是或多或少应该有些公认的标准呢？

不然，如果一切琐事都可以贴上“仪式感”的标签，那这个词语还有什么特殊的价值呢？

03

不过，如果你问我“仪式感”的标准是什么，我一时间还真答不上来。

可能像《小王子》里说的那样吧：“所谓‘仪式感’，它使某个日子区别于其他日子，使某一时刻不同于其他时刻。”

如果非要我下个定义，“仪式感”应该是一种理想化的生活境界。你说自己“向往仪式感的生活”，非常恰当，可你如果说“我每天都过得很有仪式感”那就略显奇葩了。

这就好比“品位”这个词，别人夸你很有品位，那是赞美或者恭维，可是你自诩“很有品位”，那就有点大言不惭的意味了。

“仪式感”，无论从表象还是内核解读，都是圣洁且不可捉摸的，应当被小心翼翼地呵护。一旦暴露天日，它的神秘性就不复存在了。

那些动不动就说自己生活有仪式感的人，反而是日子过得最乏味、最平庸的人。因为他们需要借助这种所谓的“仪式感”的加持，来掩盖生活的苦涩。

“给我一把刷子，拭去生活的污渍，挥别往日的风尘，让一切重新开始。”

拜托，不就是刷个鞋，至于吗？

04

如今，“仪式感”三个字真的被人们用滥了。做事情都要整点才开始做，对方不送礼物就生气，分手还非要发个朋友圈……这根本不是“仪式感”，这就是“作”！

我在网上看到过这样一段话：“人们总喜欢用仪式感去确定一些东西，就好像你总会遇到一个对的人，会去做那件对的事，而在这之前的种种山河阻拦，间隔春秋，孤身一人，山高路遥，都会成为这件事、这个仪式的伏笔。”

可是，生活根本没有那么多风花雪月，更多的还是柴米油盐啊。当然，肯定有人会说：“正是因为生活的柴米油盐太多了，所以我们才需要风花雪月啊。”

然而，这构不成我们掩耳盗铃，甘愿做一只把头埋在沙子里的鸵鸟的理由。你的生活，并不会因为你的自欺欺人而焕然一新。

罗曼·罗兰说过一句名言：“世界上只有一种英雄主义，就是看清生活的真相之后，依然热爱生活。”

我的生活很平庸、很乏味，我大方地承认，不惮于任何人的指指点点，依旧乐此不疲地过下去，这，才是我理解的“仪式感”。

警惕你身边的“微渣男”

01

前两天我去影院看了《芳华》，看完心情挺复杂的。怎么说呢，泪点和槽点正好五五开，想写影评也不知从何下手。

很耐人寻味的一点是，观影的时候，旁边有位姑娘一直在嘀咕：“刘峰可真是个中央空调啊！”

细细分析，说刘峰是“中央空调”，不无道理。

他一边渴求着丁丁的爱，一边又表现出对小萍的无限温柔，更别提对穗子的莫名关切了……

那么问题来了，“中央空调”就等于“渣男”吗？

就此，我和一个女闺密争论了好久，最后我俩双双妥协得出结论——“中央空调”算不上是好男人，但是也不至于到千夫所指的地步。只能说，略渣。

这就是西门君想要探讨的一种渣男类型——“微渣男”。

02

在聊“微渣男”之前，我们不妨先来定义一下什么叫作“渣男”。

知乎上有一条留言是这么说的：“他知道你喜欢他，知道你们不可能，但还是一次次地给你希望。你对他来说只是一个可以被任何人替代的角色，他对你来说却是整个世界。”

一句话定义“渣男”，就是“把好话说尽，把坏事做绝”的男人。

比如《万物生长》里的秋水，在糟蹋了两位女同学和一位女老板之后，才终于敢坦白：“我一直都觉得我自己很痴情，但始乱终弃的好像一直是我。”

《回家的诱惑》里的洪世贤更是渣男的典型——睡完女主睡女主的闺密，害得女主流产坠入海里。等到女主变身回归后，又口口声声地说她才是自己的真爱。

俗话说，男人不坏，女人不爱。可事实证明，一旦男人太坏，女人也是不会爱的。

如今，渣男们的日子是越来越不好过了，信息时代的爆炸传播，导致他们的丑恶行径太容易败露了。

我的一个学妹被渣男前任骗去两万后，怒把聊天记录和对方的老底晒在微博上，三天后转发数超过了两百，那个渣男被骂得直接关闭了微博留言。

做渣男的代价太大了，做好男人又心有不甘，何解？那就取取老祖宗的经，来个“中庸”吧！

于是乎，“微渣男”们应运而生。

03

这世上有三种人：好人、坏人和不好不坏的人。

“微渣男”就是中间偏向坏人的那一批，他们坏不至于罄竹难书，但也不是一点毛病都挑不出。

就像《我的前半生》里的贺涵，不断游走在唐晶和罗子君这对好闺密中间，险些沦为渣男，所幸最后悬崖勒马，对罗子君发乎情，止乎礼。

又比如《情深深雨蒙蒙》里的何书桓，明明和依萍情定终身，可面对如萍表白的时候，却又忍不住给予了暧昧的回应。当然，最后他还是亲手斩断了自己和如萍的情丝。

你们发现没有，微渣男普遍有一个特点，就是让你忍不住想骂，又不好意思骂得太狠。对于姑娘们来说，这是一件很硌硬的事。

一方面，他们会占你的小便宜，揩一点油，喜怒无常，惯用冷暴力……

另一方面，他们所有的不当行为，可能真的只是情商匮乏而已。虽然他们时常犯错，但是事后也会愧疚不已，主动道歉。

回到文始的那个问题，“中央空调”就等于“渣男”吗？

西门君的回答是：不是。

渣男之所以渣，往往是因为心口不一，暗藏杀机。而“中央空调”之所以为人诟病，是因为他们无差别的“温暖”，让人特别不踏实。

就像我女闺密说的那样："刘峰是很好的暧昧对象，有上进心，待人接物温柔体贴。但我是不会和他谈恋爱的，没有安全感。哪个姑娘在他面前受了委屈，他都会去抚慰，你让我这个做女朋友的情何以堪？"

当然，这个问题其实是见仁见智的，比如"男生总是带你逛小吃街"，有些姑娘会将此视为小情趣，有些姑娘则会觉得是对方抠门。

鉴于其难以界定性，我更倾向于把"微渣"当作一种行为，而非一种性格。用更直白的话说，其实大多数男人，干过"微渣"的事。

比如，他紧紧地牵着你的手，却又在大街上色眯眯地瞟着其他姑娘的大腿。

又或者，他和前女友保持着说不清道不明的联系，你一查，倒也真的只是普通朋友的关系。

微渣并不等于渣男，可能只是某个男人某一时刻的糊涂行为。（当然，这种糊涂不能对任何人造成伤害。）

虽然，微渣男的坏无伤大雅，但是如果不及时警醒，难保不会成为一个名副其实的渣男。

毕竟，没有人天生是绅士，也没有人天生是渣男，是这个道理吧？

把“无所谓”挂在嘴边的你，活该没人要

01

“没事，我真的无所谓，不就分个手嘛。”

听到小琴的这句话，我将酝酿好的安慰的话生生地憋回了喉咙。

“无所谓？难道你对阿誉压根没什么感情？”

“不，你错了。”小琴点起一根烟，“如果一个月前他说要领证，我会不假思索跟他走。”

“那你为什么……”

“说了估计你也不明白。”

确实，我打从心底难以理解。小琴的前男友阿誉我见过，是一个相当帅气又很温柔的小伙子，对小琴的照顾可谓是无微不至。所以他俩突然分手的消息，让我意外不已。

但更让我感到意外的，是小琴此时漠然的态度。

“还记得上次你分手，我俩也在这家酒吧喝酒吗？”我岔开了

话题。

“记得，我要点天使之泪（一款极烈的鸡尾酒），你死活都拦不住。”

我们相视而笑，随即又陷入了深海般的静默。

“那时候你分个手简直要死要活的，而现在……”

“经历过一些事之后，人总会成长的，然后就会看淡许多。哎呀，无所谓，都过去了。”

我揉了揉眼睛，恍惚间，我分不清对面坐的是小琴，还是一尊没有了七情六欲的女菩萨。

02

最近，周杰伦的新歌《不爱我就拉倒》在朋友圈刷屏了。除了“周董”无与伦比的号召力，这首歌之所以刷屏还有一个很大的原因，那就是歌词引起许多人的共鸣——“不爱我就拉倒，反正我又不是没人要。”

当下许多都市单身男女的感情观，不就是这样的吗？你爱我最好，不爱我拉倒。

我有一个读者，姑且就叫小L吧，她有天突然留言问我，她条件也不差，为什么没人追？

我下意识地翻开她的朋友圈，第一条内容就把我整无语了——“我不想做谁的公主，只想做谁的女王。”

我哭笑不得地问她：“看到这种朋友圈，哪个男生还有欲望追你？”三分钟后，我收到了她的回复：“单身的时候，难道不应该有傲骨吗？”

老实说，我当时不知道该怎么回她。因为我太明白了，她的内心有多纠结和矛盾。

一方面，她渴求真命天子快马加鞭而来，另一方面，她又在用“无所谓”的姿态来武装自己。

我斟酌好字句，打下一行字：“你比谁都在乎，所以你装作毫不在乎。”

八月长安在《你好，旧时光》里写过这么一段文字：“‘你为什么不理我？’这是只有小孩子才能问出来的话，不在乎自尊，不在乎姿态高低。随着我们越长越大，所有人都渐渐学会了保护自己，在别人疏远前先一步动身，在别人冷淡时加倍冷淡。”

你明明很想要，可心知肚明得不到，于是大声说你不需要，生怕别人听不到。用 Max 在《破产姐妹》里的话说就是：“我表现得我不喜欢任何事物，是因为我从来没得到过我想要的。”

03

抖音网红“一禅小和尚”说过一句让我感同身受的话：“捡到钱的快乐，不会超过一天。可损失钱的难过，会持续很久。痛苦给人的刺激，总是远远大于幸福。所以人们宁可不得到，也不想再失去。渐渐地，人们变得不悲，不喜。”

也许，这就是许多人成为“佛系青年”的原因吧。

“去哪吃饭？”“无所谓，都可以。”

“你被公司开了？”“无所谓，换一家不就好了。”

“把你的衣服弄脏了，不好意思。”“无所谓，冲一冲就好。”

可说实话，西门君对“佛系”这个词无论如何都喜欢不起来。“有也行，没有也行，不争不抢，不求输赢。”看似洒脱的背后，其实是一种漠然的人生态度。

原谅我的直接，可我仍旧想说，喜欢把“无所谓”挂在嘴边的人，活该没人要。

原因很简单——你都不在乎别人了，别人干吗还要在乎你呢？

你以为爱情都是守株待兔吗？你坐在菩提树下打坐，咣当一下，一个帅哥就从树上掉下来砸你头上了？你是牛顿，他是苹果吗？

你说你的“无所谓”是“无所畏”，可在我看来，这更像是“无所为”。

还记得《前任3》的孟云和林佳吗？一个以为对方不会走，一个以为对方会挽留，嘴上一万个无所谓，可内心早已备受煎熬。

人生中的很多事还是应该去争取，去主动，去“强求”的，别装得潇洒，苦了自己。

以前我觉得，撂下一句“我不在乎”，转身就走的人，多酷啊。可现在我突然觉得，敢当着全天下的面说一句“我在乎”的人，才是真酷。

我有当好女人的打算，也有做坏女人的自由

01

西门君最近在网上看了一部叫作《情圣》的国产电影，大致情节是这样的：男主角肖瀚步入中年后，逐渐对婚姻生活丧失了激情，直到有一天女神 Yoyo 的出现，让他重拾了对生活的幻想。在众好友的“帮助”下，他几近和 Yoyo 花前月下……不过在出轨前的那一刻，他幡然醒悟，痛改前非，回归了自己的家庭。

这部电影，是不是让你联想到之前大火的《夏洛特烦恼》和《港囧》？在思想内核上，三者还真的差不多——男人有出轨的想法是很正常的，只要悬崖勒马，就善莫大焉了。

呵呵，野花给你采了，家里的花你也贪恋？

从《情圣》里的一句台词，你就能一窥电影的三观：“玩归玩，最终还是要回家。”

这种“直男癌”的观念，我作为伪“直男癌”都忍不了，更不

用说女同胞了。

长久以来，我一直有一个疑问——为何没有电影是讲一个女人出轨，最后幡然醒悟的？难道在世人的眼光里，女性连出轨的资格都没有？

02

纵观明星的花边新闻，基本都是男星出轨，女星红杏出墙的并不多见。然而让人费解的是，同样都是出轨，舆论的压力更多是施加给女方，狂骂其失了妇道丢了操守。至于男方，批判自然也有，但是相比前者，寥寥无几。

似乎人们的潜意识里认为，男性出轨是情理之中，女性出轨是惊天骇闻。

比如，林丹的"坦诚"居然换来了一票人的力顶："丹哥敢作敢当，够 man！"

对不起，您是不是对"man"有什么误解？

至于文章、陈思诚等人，更是有粉丝为其开脱："一定是有什么难言之隐。""其中是有什么误会吧。"

这不是双标，什么是双标？只能说，这个社会的舆论对女性实在太不友好，却对男性的过错格外包容，其中，还不乏大量的女性拥护者。何其悲哀！

曾有一位读者给我留言，抱怨自己的男朋友一方面约束自己和异性的接触，一方面却又和各种女生暧昧不清。我问她："这么不公平的事，你居然都妥协了？"

"他说，男人不都是这样的嘛！所以我才来问你，你们男人真的都是这样双标的？”

听到这话，我竟一时语塞。

除了这位读者，我周围一些小姐妹的想法，也在颠覆着我的恋爱观。

“其实，我男朋友偶尔会在外面玩一玩，他以为我不知道，其实我都了然于心。只是看在异地恋的分上予以理解。毕竟男人嘛，有些方面确实憋不住。”

“那你，也约过吗？”我震惊地看着她，小心翼翼地试探道。

“当然没啊，我没那么饥渴。”她苦笑了一下，“再说了，我也不敢。”

听完她的故事，我除了沉默，还能说什么呢？

诚然，每对情侣都有自己的相处模式，但我窃以为，在恋爱之中有两个字很重要，那就是“公平”。要规矩，那双方就好好地遵守规矩，要玩，那双方都痛痛快快地玩。

张柏芝在《河东狮吼》里的那段经典“控诉”，叩击了无数女性的内心：“凭什么要求女人一生忠于一个男人，而男人却可以随意三妻四妾？”

03

前段时间“刘强东性侵案”闹得满城风雨，大家在抨击强哥的时候，也不忘“调侃”一下奶茶妹妹：“从今天起，奶茶妹妹可以改名为抹茶妹妹了。”

好笑吗？真的好笑吗？

对于舆论和家庭伦理的受害者，我们的第一反应居然不是安慰，而是调侃。

西门君无法想象，如果被爆出轨的是奶茶妹妹，舆论将会是怎么样的导向？

我们可以试着脑补一下——

“清纯只是假象，淫荡才是真相！”“老公是京东 CEO 还出轨，心疼强哥。”

……

从古至今，女性一直在努力摆脱着“三从四德”的枷锁。这几年“女权运动”如同星星之火那般燎原，可惜现实残酷，把女性视作“家庭保姆”和“生殖机器”的，依旧大有人在。

面对多年来的性别歧视，一部分女性选择了对抗，一部分人选择了隐忍。就我看到的而言，后者的比例似乎更大一点。

这世间有多少的不公，都是源自受害者的沉默。比起被渣男们伤害，更悲哀的是，你麻木而坦然地接受了这一切。可是，姑娘们，没人可以剥夺你“反击”的权利。

需要澄清的一点是，我从来不鼓吹任何形式的出轨。只要是出轨，无论是谁，都理应受到谴责和惩戒。我只是不解，为何出轨这件事上“只许州官放火，不许百姓点灯”？

曾经看过一部讴歌女性独立自主的小说，书名我给忘了，但是其中女主角的一句话，令我印象深刻：“我有当好女人的打算，也有做坏女人的自由。”

而这，也正是我想表达的。

第六章

我把你当朋友，你把我当流量

任何人都能对朋友的不幸感到同情，但要消受一个春风得意的朋友，则需要非常优良的天性。

——王尔德

我把你当朋友，你却把我当流量

01

一位大 V 朋友和我吐槽，他烦透了一些所谓的“社交场合”。

“经常有品牌方和自媒体同时邀请我参加活动，还是不给钱的那种。我想都是老朋友了，也就无所谓了。但越去越感觉不太对劲，他们介绍我的时候，重点都在我的头衔和影响力上，关于我的作品，他们几乎只字不提。后来我算是看透了，他们邀请我参加活动，不过是想蹭我的名头，吸引流量罢了。呵呵，我把他们当朋友，他们却把我当流量。”

我完全可以体会他的烦恼。之前有一个出版社的编辑联系我，说我的文章挺有意思的，问我有没有出版的意向。

毫无疑问，我当然一口应允。不过在须臾之间，我的脑海突然闪过一丝复杂的情绪。

其实在一年之前，我就有过可以出书的契机，但那时候不是编辑主动来找的我，而是我托朋友在问：“我想出书，谁可以帮忙介绍一家靠谱的出版社？”

后来，我顺利联系到了某出版社的编辑，他看了看我的公众号，说内容确实不错，可以帮我出书。

我正暗自高兴着，他冷不丁地问了我一句：“西门君，你的粉丝数方便说吗？”

我忐忑地报出数字。突然间，他的语气一百八十度大转弯，讲了一句令我永生难忘的话：“你的流量不太够啊，亲。”

当时我有点蒙，心里嘀咕了一句：“你到底是编辑还是移动的客服啊？流量不够？我是不是还得充值办个套餐？”

这是一句玩笑话，我当然知道当今社会的“流量”是什么意思——说通俗点，就是粉丝数和关注度。有一位著名的自媒体人甚至直言：“互联网时代，得流量者得天下。”

当时我可能也有点年轻气盛，反呛编辑一句：“你看我的内容其实还不错，就因为我的阅读量不太高，粉丝不太多，难道就不能出版了吗？”

他说，也不是不可以，但是需要我自费垫付几万的出版费。因为像我这样没有名气、没有流量的“小咖”，作品出版后能卖出多少本是未知数。理论上，帮我卖书纯粹是在赌博。

我表示婉拒后，他又补了一句：“如果滞销了，损失可是由我们出版社来承担。恕我直言，同样都是出书，我们为什么不找流量大的作家合作呢？”

他句句在理，我根本没法反驳。

时光翻回一年后，另一位编辑来找我，他得知我现在的阅读量和粉丝数还可以，所以想邀请我出书。我当时脑海里飘过一句俗语——“三十年河东，三十年河西。”

讽刺的是，如果我去年就出了书，精选的文章也差不多是那几篇，一贯的文风也没有什么特别大的改变，唯一改变的是我的阅读量和我的知名度，或者说得更直接点，是我比以前更有流量了。

我永远也想不到，自己赢得一个陌生人的青睐和尊重，居然是因为一堆数字。

02

不知何时，“流量思维”慢慢渗入了我们的生活，你在微博和抖音上看到一个人的粉丝只有两位数时，你会不屑一顾地自动忽略，可如果一个人的粉丝数有六位数，你会莫名对他“肃然起敬”。于是，不计其数的人动起了流量的歪脑筋。

我有一个自媒体同行，一开始挺踏踏实实做内容的，后来呢，也许是受到一些“高人”的指点，他通过一些入流或者不入流的营销手段，迅速扩大了自己的粉丝数，现在他一篇文章的广告费，是很多人一个月的工资。

但是，现在再去看他的文字，实在觉得太浮躁、太空洞、太无病呻吟了，纯粹是投人所好而生的产物。

我直截了当跟他说：“你变了，你以前不是会那么刻意地讨好别人的写手，可现在我感觉你的文章就是为了讨好客户，讨好大众。”

他的回答令我愕然：“西门君，没有办法，我需要流量，流量 is money（是钱）。”

你问我嫉不嫉妒他，如果我说我不嫉妒，那肯定是撒谎，我当然嫉妒，嫉妒得要命。

但是我坚信，在这个“流量为王”的时代，有些东西比流量更重要。

比如良知。

前有“王利芬庆祝茅侃侃离世文章十万加”，后有“二更食堂用不当言辞描述空姐遇害”，究其背后的原因，是太多个人和企业为了博取眼球、谋得流量、不惜踩破了自己生而为人最基本的道德底线。

如此得来的“流量”，不过是淌着人血的阴沟河。

03

王朔有本书的名字很有意思，叫《看上去很美》，用来形容这个流量为王的时代再恰当不过。所有人战战兢兢地为了一堆数字厮杀着，沉下心做内容创作的人越来越少，发行量、收视率、票房，只要有人埋单，通通可以造假。可有什么办法呢？只要有人需要虚假繁荣，自然就有人会制造虚假繁荣。

欣欣向荣是错吗？不是，错就错在它把怀揣理想的内容创作者逼到了绝路。就像《新周刊》说的那样：“你可以信奉行得正、坐得端的准则，可以坚信用心做内容自然有人看得见，坚信真实的力量和不逾矩的初心。问题是，你的对手可能没这么规矩正直，他们可能水平不高，可能没有操守，可能被各种压力所迫……他们最后击败你，只需要一个简单的数字。”

我听过一句至理名言：“如果你没法击败他们，就加入他们。”许多曾经傲骨铮铮不媚世俗的人，一个接一个地向流量低下了高贵的头颅，走上了哗众取宠、粗制滥造甚至洗稿抄袭之路……呜呼哀哉！

崔永元说过一句名言：“收视率是万恶之源。”可是我想说，在这个互联网的时代，恐怕流量才是万恶之源吧。

最后，分享一段我和某位旧友分道扬镳前的对话——

“我把你当朋友，你把我当流量？”

“如果不是因为流量，我们又怎么会成为朋友？”

爷爷的葬礼上，我打开了直播软件

01

在十年前，如果你问我哪里孝子最多，我一定回答不上来。但是十年后的今天，你问我这个问题，我可以果断回复你三个字：朋友圈。

假设你前几天也在微博上看到这则热搜的话，就会知道我不是在耸人听闻了。

“亲友去世，我在朋友圈直播。”刚看到这个话题的时候，我嗤之以鼻，以为又是微博搞的什么“标题党”。但当我点进去的时候，整个人傻眼了。

首先映入眼帘的是一个男人的直播主页，主题是“爷爷去世，我晚上接着直播”。不仅毫无悲伤之情，而且一脸无所谓的样子。

震惊之余，我点开了照片下面网友的评论，他们的经历彻底刷新了我的三观：

“我认识一个从他亲人入院到逝世再到头七都发朋友圈的人，

太瘆人了！”

“你们见过和尸体一起自拍的人吗？你说晦气不晦气！”

“你们都弱爆了，我还见过一个用美颜相机拍骨灰盒加凑成九宫格的妹子！”

这究竟是人性的扭曲，还是道德的沦丧？世界之大，真是无奇不有啊！

我就想问那个在爷爷葬礼上开直播的朋友，我很好奇你在镜头面前会说些什么。

“我的爷爷不幸去世了，各位老铁，走过路过刷个火箭呗，咱想办法让老爷子顺利升天！”

“不用安慰我，我没事，都几十岁的人了，咱啥场面没见过！感谢这位来自杭州的朋友，您送的爱心太温暖了！”

……

这养的是什么畜生子孙？如果我是他爷爷，绝对气得从棺材里跳出来用拐杖敲爆他的狗头。

02

在这个信息时代，发什么朋友圈固然是你的自由，但是别忘了，同时它也是一个半开放的社交领域。当你在朋友圈上传那些令人不悦的照片和视频时，考虑过微信好友的感受吗？

前几天我正在边吃面条边刷手机朋友圈的时候，忽然刷到一条：“哎呀，这盘菜放了一个星期忘记收拾，居然腐烂成这样了？”看得我当时胃液都呕出来了。

吐完后我越想越气，于是想点开头像看看对方是何方神圣。一看高清图，秃头，大肚，满脸写着“油腻”二字。不争气的我，又吐了一次。这回我可忍不了了，直接把他拖入了黑名单。

连腐烂的食物都这么让人反胃，何况是那些涉及神灵和鬼怪内容的朋友圈呢?

我想许多人应该都听过一个不成文的规矩——别在镜头前与逝者同框。这不仅是出于一种敬畏，更是出于对逝者的尊重。

可是就有人“明知山有虎，偏向虎山行”，不仅发到朋友圈，甚至还“丧心病狂”地开起了直播。这样做的原因，无非是出于畸形的求赞心理。

家人去世，是每个正常人最悲恸的时刻。你在这个时候发亲人卧病在床的照片、亲人的遗照和葬礼的视频，无非是想以此博得别人的关注，让别人知道你有多善良、多孝顺，从始至终都没有离开过家人半步。

可事实上，你大错特错。你发的朋友圈确实博得了朋友的关注，但是当他们看到这些图片和视频的时候，可能心里想的却是：“家人去世了你还有心情发朋友圈，简直没心没肺！”

而且，你说我看到类似讣告的朋友圈，我是赞呢？还是不赞呢?我真的很无奈啊！

03

因亲人离世正经历切身之痛的人，是完全没有闲心发朋友圈的。

我有一个朋友，听闻自己外婆去世的消息，备受打击，难过得两天没有吃下一口饭。

我见到她的时候，被吓了一跳——她整个人精神恍惚，双眼无神，鼻子被纸巾擦得通红。

一开始我还不知道发生了什么，直到我小心翼翼地询问后，才得知背后不幸的原因。

当然，西门君清楚，不是所有在朋友圈晒丧事的行为，都是出于博取眼球的心理。只是，无论如何，作为生者，我们应该最大限度地避免做出亵渎死者的行为。

尤其是“直播葬礼”这种事，小则败坏了自己的人品，重则抹杀了自己的阳德。我真的无法理解这种行为，用尸骨未寒的亲人来骗取流量，你的良心真的不会痛吗?

人的生命如同一盏明灯，人死了，灯就灭了，这便是所谓的“安息”。可是当你用人间的聒噪去烦扰逝者时，他们又如何安息呢?

《月亮与六便士》里有一句话我特别喜欢：“我那时还不了解人性多么矛盾，我不知道真挚中含有多少做作，高尚中蕴藏着多少卑鄙。”

拜托了朋友，住手吧，别让你口中的“孝顺”，成为作秀表演。

你已退出高中群聊

01

“下个月的班级聚会你去吗？”一位高中同学在微信上问我。

“算了吧，我把那个群都退了。”

他发来一个震惊的表情并问我：“为什么？”

“你不觉得他们聊的内容很没有营养吗？而且我的群太多了。”

“西门，你什么时候变得这么功利了？”

“我只是不想把时间浪费在于自己无益的人身上，仅此而已。”

我的“无情”背后有一些难言之隐，我就长话短说了吧。

退群之前，群里几个刺儿头一直在拿我调侃：

“哎哟，草哥（我是高中班草），居然当过‘跑男’导演，不得了了啊。”

“啧啧啧，看你的公众号，这是要火的节奏啊。”

“现在成网红，就不理老同学们了？”

……

我一开始打算视而不见，可是当他们排队 @ 我的时候，我实在有点忍无可忍了。

我去找带头挑事的那个女同学私聊，质问她是什么意思。

“开个玩笑而已，至于那么大火气吗？真把自己当网红了？”她冷嘲热讽道。

看到这句话，我不假思索地拉黑了她，接着立马退了群，整个过程一气呵成。

一开始我还有点内疚，人家毕竟是女生，我这样做会不会显得太小肚鸡肠了。直到后来，有人透露给我一个秘密：“她们几个女生建了一个小群，整天拿你开涮取乐。估计是接受不了高中平庸的你，现在居然混得还不错吧。”

每个人读书的时候总是会遇见这样的人，他们表面跟你装笑面虎，却不知道暗地里捅了你多少刀。

我高中时和班里几个女生的关系一直很紧张，我嫌她们市侩，她们嫌我装腔作势。大家日常的相处模式基本上是“嘴上笑嘻嘻，心里在骂人。”

高中毕业后的两年，微信横空出世，QQ 大有退隐江湖的趋势。社交软件的更迭使得老同学间的关系淡了不少。

不过大三的时候，我还是被班长生拉硬拽地加入了高中微信群——因为班级要组织聚餐了。虽然一百个不情愿，但念及旧情，我还是去了。

然后，我就后悔了。

女同学们比以前更会打扮了，然而也更加市侩了。我书看得比以前更多，所以聊起天也更装腔作势了。除此之外，大家学的专业各不相同，聊的话题完全不一样。更令人厌烦的是，富二代们为了彰显自己从学渣咸鱼翻身后的扬眉吐气，疯狂地炫富着："等会要不去×××吧，我订个豪华包！"

最后可想而知，那次聚餐大家不欢而散。

在回家的路上，我想明白了一个道理——那些天生和你三观不合的人，无论岁月如何变迁，他们依旧无法与你产生一丝的共鸣。

02

小白告诉我他准备明年结婚的时候，我立马甩了他一句："伴郎是我吧？"

"那谁还敢做伴娘？"他对我翻了一个白眼。

我们一边对笑，一边痛饮。

小白是我初中的室友，也是我的高中同学，数数我俩已经认识十余年了。

初中时我比较文弱，有一天被"寝霸"欺凌了。第二天，小白就把那个"寝霸"给揍了，末了还装酷地说道："我揍他不是因为帮你出头，而是我看他不爽很久了。"

那一刻，我就觉得，这个兄弟我交定了。

高一开学，当我俩发现和彼此分在同个班的时候，我们对着对方异口同声地说道："你也在这？"

从那之后，直到上个星期，我俩总在一起喝酒聊天。说来这也是一件蛮神奇的事，我们的喜好和工作领域相差甚远，却可以成为兄弟，也许这就是所谓的"羁绊"吧。

我和小白，还有另外几个高中男生有一个小圈子，每年我生日的时候，他们都会悉数到场。

其中有个叫老金的兄弟，某一年我生日，等他赶到我的聚会的时候，蛋糕都吃完一大半了。

"老金，你以前都蛮准时的啊，这次怎么回事？"

"不好意思啊，草哥，我今天刚刚出差回来。"

"好吧，罚你半瓶酒！"

"得嘞！"

后来我才知道，他那次出差根本就没有结束，能提前回来是和领导特别申请的。说实话，我特别感动。

圈子里除了小白和老金，还有海哥、栋栋、凯哥、胖子……我和他们的故事，也许讲一天一夜也说不完。

"你们去下个月的高中聚会吗？"我问他们。

"咦？咱哥儿几个见面不就是高中聚会了吗？"

我从不后悔退出高中群，因为我最好的高中同学，他们就在我的身边。

03

在我退出高中聊天群以后，至今没有一个人劝我回归。也许，他们至今都没发现我退群了。

人们总是会过度美化同窗同学，称他们是“上天的安排，奇妙的缘分。”其实，并不是。

谁和谁成为同学，不过是一场巧合。当巧合过了，一些人与你成为挚友，一些人则沦为路人，这再正常不过了。不必哀伤也不必遗憾，因为这就是“生活”。

我很喜欢网上看到的这样一段话：“一个人突然和你断了联系，或许不是因为发生了什么事情，也不是因为你做错了什么让他不再愿意和你做朋友。也许仅仅是因为，他并不喜欢曾经的自己，他想逃离，而你，刚好就是他那段时光的见证者。为了彻底地抛弃不喜欢的自己，他唯有与你告别。”

就这样吧，再见。

“你确定退出该群吗？您将不再接收该群的任何消息。”

“我确定。”

“你已退出高中群聊。”

致我被孤立的那几年

01

昨晚，西门君看完一部叫作《声之形》的电影后，心情久久不能平静。

它讲的是有听觉障碍的少女西宫硝子，被坏小子石田将也欺负，却依然坚持用真诚和善良去感化对方的故事。

是的，这是一个关于“校园霸凌”的故事。

这几年，关于“校园霸凌”的社会新闻层出不穷，比如之前闹得沸沸扬扬的“中关村二小事件”。毫不夸张地说，“校园霸凌”已然成了戕害社会的毒瘤。

我曾经发起过一个互动话题——“你校园时代被欺负过吗”。话题发起后不久，我就收到了数十条读者的回复，描述他们的“悲惨回忆”：

“我被骗到男厕所，她们围在厕所外面大笑，我却哭得泣不成声。”

“书包被人从楼上扔到垃圾堆里，翻出来的时候，已经脏得没法用了。”

“初中莫名其妙被孤立，而且，是最好的朋友带的头。”

是不是很可怖？但是更可怖的，不止一人留言说：“我没有被欺负过，都是我欺负别人。”

我不知道他们留言的时候是什么心态，是炫耀？是忏悔？还是压根不痛不痒？

我恨这些留言。因为它们，我又想起了自己被孤立的那几年。

02

初二的时候，寝室住进两个男生，A 和 B，他们都是隔壁班的。A 是那种略显魁梧的男生，而 B 则是瘦高型的。

当时我心下一紧——来者不善，我怕是要遇上劫难了。事实证明，我的顾虑并非空穴来风。

某一次我和 B 激烈争执后，他当着我的面把一整盆冷水浇在我的床上，当时我选择了把愤怒憋回心底。毕竟 A 就站在旁边，一旦动手他肯定不会站在我这边。

我原以为此事很快就会翻篇，没想到 B 变本加厉，只要我不顺他的意，他便往我的床上浇水。

我也会反击，比如趁他不在的时候以其人之道还治其人之身，但是这么做的结果，就是我晒的衣服再也没有干过。

我心想，冤冤相报何时了？不如找他好好谈一次，万一能够化干戈为玉帛呢？

“喂，B 哥，你收手吧，冬天你往床上浇冷水，要冻死我？”

“有道理，那就不浇冷水了。”

然后那一晚，我的床上洒满了滚烫的开水。讽刺的是，那瓶水还是我打上来的。

我觉得这样下去不是办法，于是想了一个昏招儿——用天天打洗脚水的代价，认了 A 做大哥。

B 很怕 A，后者只要咳嗽一声，前者就嗖的一下缩到床角去了。

在我“忍辱负重”之下，初中最后一年我们总算是相安无事地度过了。

毕业那天，我们各自在寝室里打包行李，B 笑嘻嘻对我说道：“这两年不好意思啊，我是看你比较好说话，所以弄了你两年。”

“哦，可我不会原谅你的。”我扛起行李走出门，头也没回。

为什么不原谅？很简单，因为对恶人的原谅，是对善良的自己的最大残忍。

03

把日历翻回小学三年级，由于搬家，我转校到了新家附近的小学。

当时我的性格十分腼腆，下课后基本都是一个人在看漫画，所以不怎么和班里的同学交流。渐渐地，班里就开始流传：“那个转校生总是装酷，真讨厌。”

我也不想去反驳什么，只想沉浸在自己的书本世界里。

按照正常的剧本，我应该是那种学习成绩鹤立鸡群的类型，可是刚好相反，我的数学差到“人神共愤”的地步。久而久之，流传的声音转变成了：“哼，装那么酷，学习上还不就是菜鸟一个。”

“哈哈，说得好，咱就这么叫他吧，菜鸟！”

如果你也有过被取绰号的经历，一定明白那是何等屈辱和折磨。

不堪重压之下，我把这一切告诉了班主任。于是在班会上，班主任怒斥道：“是谁给张同学取名‘菜鸟’的？给我站出来！”

……

这下可好，连隔壁班都开始有人叫我“菜鸟”了。

那次班会之后，大家开始当着我的面指指点点道：“我们都别和他说话了，打报告的小人！”

多么讽刺啊，我明明是一个受害者，却俨然成了令人胆寒的刽子手。

数学课代表故意不收我的作业本，因为她认为我肯定做不出。

我随便和一个同学搭话，对方先要做一个姿势，大喊“启动菜鸟防护罩”，然后再笑着问我有什么事。

还有一次，我被关在教室里，半个班的男生堵着门不让我出来，最后上课铃响，我才得到“解救”。

最让我心寒的，是我当时最好的朋友小强。他放学会和我一起走，但是白天却装作和我不熟。

“抱歉啊，如果我和你走得太近，他们也会孤立我的。”

也许是太小就经历了如此磨难，导致我小学时的思想就有一种超脱年纪的深刻感。我当时的语文老师发掘到了这一点，所以对我的作文赞不绝口。

渐渐地，同学们发现，虽然这个转校生数学很差，但是他的语文成绩一骑绝尘啊！

我顺理成章成为语文课代表后，之前那些孤立我的男生纷纷过来巴结我。更有甚者，直接提出只要我愿意帮他代写作文，“我承包你一个月的辣条”。

这些说变就变的嘴脸，我当时也读不懂，满脑子只有俩字：恶心。

小孩子其实是没有什么善恶观的，他们之所以跟风抱团，无非是因为没人想做被孤立的那一个。小孩子是如此，大人亦是如此。

04

余华说过，孩子们都是暴君。校园霸凌现象无法根绝背后的原因，是大人们的漠不关心。

父母觉得，让小孩子自己解决小孩子之间的矛盾，大人不应该插手。

老师觉得，小孩只是闹着玩，没必要上纲上线，能少一事绝不多一事。

于是，在大人的纵容下，一帮“恶童”无所顾忌地对他人的身体和尊严肆意践踏。

詹姆斯在《人类之子》里写下过这么一段文字：“如果你从小就把孩子奉若神明，那么他们成年后就会行如魔鬼。”

知道这个社会为何如此险恶吗？因为那些年被大人纵容的坏孩子，都长大了。

我欠十五年前的女同桌一句“对不起”

01

前天看到一条新闻，令人拍手称快——

广东出台治理校园欺凌方案，“起侮辱性绰号”也属欺凌。

学校对于屡教不改或者情节恶劣的欺凌者，在进行批评的同时给予惩戒，严重者可以给予留校察看、勒令退学、开除学籍的处分。

这些年“校园霸凌”之风愈演愈烈，有关部门是该整治整治了！

有些人可能觉得，取绰号不过是同学之间开开玩笑罢了，没必要上纲上线，更不至于上升到“校园霸凌”的程度。

然而，玩笑只有在被开玩笑的人也觉得好笑的前提下，才能叫作“玩笑”。不然，它毫无疑问就是“霸凌”。

关于“绰号”这件事，有一天我闲来无聊，在读者群里发了一个互动话题：“你们上学时候都被取过什么绰号？”

大家七嘴八舌地回答：“矮冬瓜”“小土豆”“小马哥”……

一开始，大家都是轻松地回忆这些绰号的，可聊着聊着，群里的气氛莫名变得沉重起来。

“我曾经因为胖，被同学嘲笑了两年多。”

“啊，我也是！”

他们的对话让我想起了一个人——我十五年前的同桌，小睿。

02

在我的印象里，小睿是一个戴着厚重的眼镜的胖女孩，外形上用“其貌不扬”来形容她绝不为过。

初中是青春懵懂期的开始，许多人已经对“美丑胖瘦”有了自我的见解。于是慢慢地，班里的同学开始搞小团体了——长得好看的和长得好看的一起玩，学习好的和学习好的一起玩。

像小睿这种学习不好、相貌又过不了关的人，注定是“孤家寡人”。

不过，被孤立还不是最惨的，最惨的是，被孤立还被取了不友善的外号。

“她都这么胖了还在吃零食，干脆叫她‘胖睿’得了！”

是谁第一个叫出“胖睿”这个绰号的，我已经记不清了。我只依稀记得，每次有人对她喊出这俩字的时候，我看得出，小睿很生气，可她却憋着不说。然而她越沉默，喊她“胖睿”的人就越多。

如果不是因为调换座位，我估计这辈子不会和她有任何的交集。

“ZYF，从现在开始，你和P睿做同桌。”听到班主任说出这句话的时候，我整个人是崩溃的。

在一片起哄声中，我抱着书包默默地坐到了小睿的身边。

“你好。”她微笑着和我打招呼。

“一点都不好。”我嘟囔着。

你们是不是以为之后会发生什么青春狗血的剧情？让你们失望了，并没有。但是如果非要深究起来，倒也确实发生了一件让我愧疚至今的事。

有一次午休时候，我路过学校的心理辅导室时，与从里面出来的小睿擦身而过。不过，她似乎并没有看到我。

下课的时候，我无意地和班上的同学讲了这件事。结果，各种版本的流言很快甚嚣尘上，成了同学们新一轮调侃小睿的“利器”。

“她是不是学习太差，抑郁了？”“瞎说，一定是因为太胖被学长拒绝了！”

作为她的同桌，我起初丝毫没有察觉到什么异常，只是她上课偶尔会走神，眉头也锁得很紧，一副心事重重的样子。

如果不是亲眼撞见小睿哭得梨花带雨，我估计一辈子都不知道自己造的孽有多重。

某天下午，我上体育课时崴到脚了，不得不回到教室休息。刚推开门就听见小睿在抽泣。

“你没事吧？”我小心翼翼地询问。

“我真的没有心理问题，我只是胖而已啊。可是我胖，招谁惹谁了呢？”

她说得没错，肉长在自己的身上，并没有妨碍到别人，招谁惹谁了呢?

然而，出于某种怯懦，我没有接话也不敢坦白告诉她，其实谣言的源头，来自她的同桌。

我害怕她知道真相，更害怕她早就知道。

后来，我们很平静地毕业了，班里没有人为自己称呼她是“胖睿”而自责过。因为大家觉得：“这只是一个玩笑而已，何况同学们都在喊，又不只我呀。”

小睿在这三年到底隐忍了多少委屈和痛苦，没有人知道，也没有人关心。

波兰诗人斯坦尼斯耶曾经说过一句话：“雪崩时，没有一片雪花觉得自己是有罪的。”

03

我之所以内疚，不仅仅是因为自己的无心之举，险些给一个青春期少女的心灵烙下阴影，更多的是因为，我本应该站出来为小睿发声的，可我没有。

光阴荏苒，我已经记不清我和她之间的对话了。但印象最深的一句是，她咬着嘴唇问我：“为什么，你要这么排斥自己的同学呢？”

在初中的时候，我也是被寝霸欺凌的对象。

同为受害者，出于同病相怜的心理，我理应坚定地站在小睿那一边。但我出于种种原因，却无耻地走到了她的对立面，成了一个沉默的施暴者。

是的，在喊她“胖睿”的嘲笑声里，有几分贝是属于我的。如果时光回溯，人们将此视为“校园霸凌”的话，身为当事人的我，难辞其咎。

就像《悲伤逆流成河》里说的那样：“在这一场名为‘玩笑’的闹剧中，没有旁观者，只有施暴者。”

如果可以，我想和她……不，和你，P睿，说一声“对不起”。

原谅我，直到十五年后回首青春的时候，我才意识到当初的自己是多么的不可饶恕。

我拒绝拼单后，被死党拉黑了

01

“西门，最近过得怎么样？”某天看书的时候，我收到了鹏仔发来的一条微信。

鹏仔是我的大学死党，但毕业以后我俩也没什么联系了，毕竟在两个城市，共同话题越来越少，交情变淡也是难免的事。

“我还好，你呢？”“一般一般，哈哈。”

天南地北地扯了十分钟后，他冷不丁地发来一个链接：“对了，这条牛仔裤真的蛮适合你的，我也想买一条。一起呗？拼单只要六十九元！”

说实话，我当时有种被套路的感觉，正想发火，转念一想这么多年的同学情谊，也就罢了。

“要不你找别人吧，我牛仔裤蛮多的，不好意思啊。”我斟酌后回了这么一句。

结果，鹏仔并没有回复我。一开始我也没在意，等到两天后我整理通讯录的时候才发现，他已经拉黑我了。

我呆若木鸡，不知道自己到底犯了什么错。我给他发了一条短信，态度诚恳地问他我究竟哪里惹到他了。

过了半小时后，他回我了："西门，咱俩大学可是穿一条裤子的兄弟，如今你却连一条牛仔裤都不愿帮我拼，你变了，就这样吧。"

看到这段话，我的心里五味杂陈。有憋屈，有悲伤，有愤怒，但更多的是莫名其妙。

我感觉自己像被强行拽入了一幕闹剧，可我还没开始演，对方就自说自话，把我给枪毙了。

02

随着手机、互联网的日益普及，越来越多的人选择通过微信赚钱，比如朋友圈里涌现的一大批微商。

说实话，我不排斥微商，也没有丝毫歧视的意思，只是那些三天两头地问我要不要"顺手"买潮牌的朋友，真的让我左右为难。

帮你吧，可我是真的不需要，而且我习惯上淘宝或者去专柜购买。不帮你吧，又感觉自己不够讲义气，而且好像显得我还很小气似的。

真是难做人！

我讨厌这种一上来就推销的，但更讨厌像鹏仔那样兜着圈子求你拼单的。

大家都是成年人了，这种为了利益而铺垫出的嘘寒问暖，真的没有意思。人心都是肉长的，你让我重温昔日的时光，又亲手打破了这份感动……不觉得自己有点虚伪？

我把你当朋友，你却把我当提款机，变着法子地想要薅我的“羊毛”。

当然，有些时候我们碍于情面不得不帮着砍价，于是你开始了如下的操作：点击链接，根据提示下载 App，然后微信登录，绑定各种个人信息，确认砍价，跳回微信……一顿操作之后，帮对方砍了五毛钱。

你俩一阵尴尬，赶忙用表情包大战匆匆结束了对话。

经过这一次的不悦体验后，你痛定思痛，打算无视所有人的拼单要求，结果被“群而攻之”：“你帮那谁砍价，不帮我们拼单，厚此薄彼，不合适吧？”

你捂住嘴巴，免得喷出一口老血。

不得不“钦佩”拼单 App 的营销手段，用低价和社交的噱头把你家七大姑八大姨捆绑在一起，搞得家族群没两天就成了拼单群。

有时候我也会好奇，这个拼单 App 到底都在卖些什么东西？那些冒着得罪人的风险也要群发拼单链接的人又是怎么想的？

出于试验的心理，我拼了一双看起来还不错的人字拖。穿了大半个月，鞋底咔一下断了，结果我只能光着一只脚一步步地跳回了家。

我问过一个拼单成瘾的小姐妹；“你真的是发自内心地信任拼单 App 里的商品质量吗？”她的回答令我哭笑不得：“便宜没好货的道理谁不知道？只是大家互相拼单，既成全了彼此的购买欲，又巩固了彼此的关系，何乐而不为？”

呵呵，说白了，就是想占商家的便宜，但是发现自己一个人占不了，于是只能连哄带骗地安利朋友入伙。

03

事实上，很多商品明明淘宝上几十块钱就可以买到的，在拼单App上却标价一百多，而发起拼单的人为了购得这价值几十块钱的商品，乐此不疲地拉了十多个拼友入伙。

先说明，我从来没有吐槽拼单App的想法，就像黑格尔说的，“存在即合理”，它在互联网上这么火爆，一定有它的道理。

只是，无论如何我都对它喜欢不起来。因为拼单App和其他砍价App的存在，让我和一些朋友的聊天变得不纯粹了。

“这个东西便宜又好用，你动动手指就能帮拼/砍，为什么不做个举手之劳呢？”

可是对不起，举手之劳是谦辞，不是你用来道德绑架的说辞。

没错，你是我的朋友，可不代表我有义务帮你拼单。帮你是情分，不帮你是本分。在力所能及的范围内，我当然会尽力伸出援手，但是我拒绝被任何人以“友情”的名义绑架我的人生。

你要省几块钱的红包，老子发给你，麻烦别再骚扰我了好吗？

第七章

没意思的不是工作，是你

这个世界很残酷，想要什么东西就自己争取。

——《上海女子图鉴》

你不必用加班来彰显自己的努力

01

前两天，有个做管理层的大哥跟我吐槽："现在的'90后'太吃不了苦了！"

我的第一反应不是附和，而是不爽。好歹我也是"90后"，这么不给面子？

当然，我嘴巴上还是要客套地回应："好像是。怎么啦？"

"周末让他们加个班，不是婉拒就是面露难色，要么干脆撒谎找借口。你说你撒谎就撒谎呗，周末发朋友圈拜托屏蔽我，说什么去外地参加婚礼，可明明定位就在市区，真是无语啊。"

听完他的这段话，我直接懒得接话茬儿了。

这些年，"加班文化"成为一种职场潜规则，仿佛你不加班，就会自动被公司划入了"不上进"的名单里。

我想起之前有个微博热搜，说的是某公司的领导"质问"实习生周末为什么睡大觉,“真不懂事,知不知道其他同事都在加班等你!”

换作其他实习生,估计早就吓死了,但这个同学“铁骨铮铮”,直接怒怼了回去:“第一,昨天没人和我说需要加班;第二,双休日本来就是非工作日,我睡了一天凭什么就要挨批评?平时工作需要加班我都加了,怎么到了周末加班还成了我的义务了?我不是机器人,没办法二十四小时待机。如果您真那么需要一个积极勤奋、随叫随到的实习生,那不好意思,我做不了。您另请高明吧。”

听着太解气了!总有些领导,幻想自己是奴隶主,把员工当成奴隶使唤。仿佛他们和员工签的不是用工合同,而是卖身契。

不过话说回来,也不能总是怪这帮“奴隶主”,若不是这么多人挤破头想当奴隶,他们也不会这么嚣张跋扈。

02

《奇葩说》中有一期辩题是:“加班该不该让领导知道?”别人我不知道,反正阿祥一定会坚定不移地选择正方。

如果你翻阅他的朋友圈,会发现其中充斥着各种诸如此类的内容:

“今天加班到十二点,买个小馄饨犒劳一下自己!”

“只要这个单子可以谈下来,最近半个月的加班都是值得的……”

“加班虽然辛苦,但是这段时间我学习到了很多,感谢同事们,今后也要一起奋斗哦!”

说实话，每次这些话都看得我一阵鸡皮疙瘩，但是出于人情往来，我还是默默地点了赞。

有一次聚餐时，我问他，是发自内心地想晒加班照吗？

他摊了摊手，苦笑一声道：“我承认，也不排除有晒给领导看的意思。主要，和我一同加班的人都在晒，我不晒就显得不和谐了啊。”

为了不在竞争的浪潮中被淘汰，因此处心积虑地通过“加班”来彰显自己的努力，这是什么歪风邪气？

03

如今非常吊诡的一点是，加班党对不加班的人有一种天然的鄙视感。你一定听过这样类似的抱怨“为什么老娘在这加班加点地干活，××× 却一溜烟地就闪人了？”

我不是当事人，不排除其中有“不公平”的因素。但是，每个员工的工作安排因人而异，这种比较毫无意义。退一步说，就算岗位一样，人家却总能比你早下班，你难道不应该反思一下是不是自己的工作效率太低了吗？

至于“不加班就是吃不了苦”这种言论，就更加站不住脚了。该吃的苦，我责无旁贷，但是不该我吃的苦，对不起，我拒绝服用。

现在有些公司的 KPI 考核标准真的很荒谬——你工作努不努力，比起上班效率，我更在意你的加班频率。

于是乎，一大拨人选择在上班时间浑水摸鱼，下班时间则立马变身为工作机器，演技无缝对接，简直令人拍案叫绝。

他们假装很努力，领导假装很满意，共同上演一出《戏精的诞生》。

04

“你不必把这杯白酒干了，喝到胃穿孔，也不会获得帮助，不会获得尊重。”

“你不必在本子上记录，大部分会议是在浪费时间，你不必假装殷勤一直记录。”

这是在网上曾火过一阵的“不必体”。

西门君也想说，你不必用加班来彰显自己的努力。你完全可以在下班之后，利用闲暇的时间读英语，看专业书，学学办公软件。

也许这些背后的努力没法立刻提升你的职场竞争力，但是相信我，对于个人成长，这些可比那些无意义的加班有用多了。

当然，西门君不是怂恿你不加班，没干完的活就该快马加鞭地做完，这是你的本分。先把自己手头的工作做好，再去想着怎么提升自己，别本末倒置。

领导们并不傻，他们固然在乎你有没有加班，但是他们更在乎的，还是你最终的业绩。没有业绩支撑，你加再多的班，也只能证明你是一个勤奋的废柴而已。

换一万次工作，也掩盖不了你的职场低能

01

堂弟又跳槽了，算上实习的单位，这已经是他三年里换的第七家公司了。

“说吧，”我淡然地问道，“这次又是因为什么？”

“一提这事我就来气！”堂弟拧开啤酒盖，痛饮了一大口，“某个领导，居然在员工大会上指名吐槽我工作没做到位！”

“就……因为这个？”

“可不是嘛！当时部门的女同事都抿着嘴看向我，我都恨不得找个地缝钻下去！”

无语了好几秒后，我又顺势问了他前几家单位辞职的原因。

不问不知道，一问吓一跳。他挠挠头回答，有些是因为“离家太远”，有些是因为“试用期不代缴‘五险一金’”……最奇葩的还是：“因为直系领导是处女座，老挑我刺儿，所以待了一个月就走人了。”

此处你们可以脑补我的表情。

我拍拍堂弟的肩膀问："你说你这么颠沛流离，什么时候是个头？"

"我也不知道啊，"他苦笑道，"那句话怎么说来的，'车到山前必有路'嘛！老哥，你自己四年也换了三家公司，现在还索性单干了，凭什么说我呀！"

也许是酒劲上了头，他这句话真的激怒我了。我轻拍桌子呵道："你一直换公司，是不知道自己要什么，而我一直换，恰恰是因为我知道自己要什么。"

他别过头去，俊俏的侧脸上挂满了不屑。

02

马云说过，跳槽无非两个原因，要么钱没给够，要么干得不开心。

但是，你考虑过没有，钱没给够也许是因为你能力不足，干得不开心也许是因为你不懂人情世故。多从自身找原因，而不是把责任全推给外界。

事实上，很多人压根就没有搞清楚自己为什么要跳槽，经常是脑子一热就掀桌子走人了。这不是潇洒，这是真傻。

跳槽，跳槽，得有新去处才叫"跳槽"，不然那就叫作"裸辞"。

裸辞好不好，这很难评定，但是大部分时候，裸辞肯定是不如跳槽的。

如陈丹青所言："年轻人自认为掌握的讯息越多越是件好事，可讯息并不等同于眼界。"

我有一个学姐，她父母当年费尽千辛万苦才把她弄进某事业单位。在基层混了三年后，她觉得没意思，毅然出来自己做微商，把她妈气得直接晕了过去。

头两年，她的小日子过得还是不错的，之后由于种种原因，生意江河日下。她不是没有过懊悔的念头，可是她心知肚明，自己回不去了。

我举这个例子，无意臧否她的职业选择，只是想客观探讨一个问题——当我们对现状不满意的时候，离开就是最佳的选择吗？

有位教育学家就曾对此谈过自己的看法："现在的年轻人有多浮躁？职场上遇到了麻烦，第一反应不是改正，而是想着跳槽，想着逃避，还美其名曰'尝试一下新环境'。"

确实如此。那些一时冲动就拍拍屁股走人的人，下场往往就是刚离开了狼窝，又入了虎穴。

恕我直言，朋友，跳一万次槽，也掩盖不了你的职场低能。

03

在我看来，这个时代的年轻人百分之九十九的焦虑感出于两个原因：第一，不认命，自己却又不努力；第二，没有半点才华，却又觉得自己是怀才不遇。

你说悲哀不悲哀？

我理解的"跳槽"，是从一个好的地方跳到一个更好的地方。

比如《我的前半生》里，亚当就对贺涵直言："你本身就是品牌，不论你在辰星还是比安提，你到哪，我就投哪。"这才是职场高能的境界好吗！

而那些职场低能所谓的“跳槽”，不过就是“换公司”罢了。

他们本以为可以迎接一个新的开始，却不料，等待自己的是一个旧循环的复始。

年轻人不知道这个道理吗？不，他们当然知道。只是他们成功学的书读多了，难以自拔。

诸如《你的稳定就是浪费生命》之类的励志书，通篇都在告诉你一个道理——如果你在职场上遇到了不顺心的事，别委屈自己，换了吧，你值得更好的归宿。

我厌恶成功学最大的原因是，他们只教你怎么获得成功，却从不教你怎么面对失败。可残酷的现实是，我们面临失败的机会比获得成功的机会，要多很多。

人类有一个通病，获得成功时恨不得昭告天下，遭遇挫折时却又巴不得撇得一干二净，仿佛一切从未发生过。

越是在职场上一无所长的人，越是喜欢甩锅给公司。听其离职的口气，仿佛是他们抛弃了公司一般。

电影《艋舺》里有段台词特别扎心：“风往哪个方向吹，草就要往哪个方向倒。年轻的时候，我也曾经以为自己是风。可是最后遍体鳞伤，我才知道我们原来都只是草。”

醒醒吧，你从来就是一根草，请别再一厢情愿地幻想自己是一棵参天大树了，好吗？

辞职半天，我被公司从五个群中踢出来

01

“辞职半天，我被公司从五个群中踢出来！”茉莉愤愤不平地和我们大倒苦水。

茉莉是我的大学学妹，毕业后在一家医美公司担任文案策划的工作。虽然是跨行，但对于天资聪颖的她来说，这份工作并不难上手。用了两年的时间，她就当上了部门里的小组长。

但是渐渐地，公司的发展遇到了瓶颈，不得不面临大转型，这与茉莉的个人规划脱节了，于是她便动了辞职的念头。

“我是上午递交的辞职报告，流程很快就走完了，我中午就把工位收拾好了，工作上也交接得差不多了。”

“后来呢？”

“晚上差不多到饭点的时候，我发现自己居然被公司从五个群中踢了出来！”

“这……还有公司群没踢你吗？”我们几个面面相觑，小心翼翼地斟酌着言辞。

“那还是有的。”

“看来还是有有良心的领导的。”

“那个项目对接群，我是群主。”

大家沉默了，尴尬的气氛弥漫着整个餐厅。

“当时我还觉得，辞职了立马退群很不礼貌，搞得我像过河拆桥的白眼狼一样。结果没想到，急着划清界限的，竟然是公司。呵呵，我真的不懂，想让我退群，私聊或者 @ 我一下难道会死吗？”

茉莉端起酒杯，一饮而尽。

02

前段时间有一篇名为“离职三天，我被二十个同事集体拉黑”的文章流传甚广，文章中一个叫晴晴的姑娘，因为辜负了公司多年的栽培，领导要求员工们集体删除她的微信。

是不是很荒诞可笑？

领导的栽培固然值得感谢，可是我来公司打工，毕竟是为了实现个人抱负的，用公司的价值观捆绑员工的自由意愿，这恐怕有点道德绑架的意味了吧？

况且，大多数人工作的时候都是勤勤恳恳、兢兢业业的，因为一个人的离职就否认他为公司做过的贡献，简直滑天下之大稽。

拿我自己的经历来说，在前公司的时候，“在职员工不得谈论离职员工”已然成了公司不成文的规矩。有一次我按捺不住好奇心，咨询了某前辈形成这条规矩的原委，他叹了口气道：“当年市场部的二把手离职的时候，带走了一票重要客户，气得王总火冒三丈。”

听完前辈的解释，我似乎能理解那些愤恨离职员工的领导的心绪了。

陪自己征战多年的兄弟姐妹，说抛弃就抛弃，说反水就反水，确实让人不得不愤慨“一片真情喂了狗”。

话虽这么讲，但是职场上因为观念不同，或分道扬镳，或反目成仇，这事再正常不过了吧。

归根结底，这还是一个关于心胸宽广还是狭隘的问题。你想得开，对于同事或者下属的离职，大方祝福即可。你想不开，在人走后说三道四，只会暴露你的小肚鸡肠，徒增其他人的话柄。

做个不恰当的比喻，员工和公司的关系就像是一对小情侣，你手把手教我怎么做菜，我很感激。分手后，我改做菜给现任吃，你凭什么因此就骂我“白眼狼”呢？

你可以不祝福离开的人，但是请你也别诅咒。

03

丘吉尔有过一句名言：“没有永远的朋友，也没有永远的敌人，只有永恒的利益。”这话放在职场上再贴切不过了。

你永远不知道，在你背后嚼舌根的小人，也许正是那个隔三岔五给你带点心的同事。

你永远不知道，那个天天对你阿谀奉承的下属，心里正憋着劲儿把你从位置上挤下去。

你永远不知道，昨天还祝福你“前程似锦”的领导，今天就带头把你踢出了群。

之所以人走茶凉，无非是因为这个人没有利用价值了，就这么简单，没什么好惋惜和愤慨的，这就是职场的常态。

许多人也许听过这样一句鸡汤：“在公司，我们都是一颗螺丝钉，虽然渺小，但是无比重要。”然而，这句话还有后半句，“尽管如此，我们仍然随时可以被代替。”

你觉得自己是团队的主心骨，“一人之下，万人之上”，不过是因为领导暂时没有找到代替你的人而已。当你走后，甚至可能你还没走的时候，新的候补队员就已经在来的路上了。

初入职场的“小白”，以为身边的人个个义薄云天，到最后才发现，实际上每个人都情薄如纸。

残酷吗？残酷。可职场本来就不是一个适合交友的地方。你们聚在一起，不过一个“利”字使然。你走后，利益的纽带断了，彼此之间的关系自然如一盘散沙，你要试着去接受这个现实。

西门君给你一个建议，在你离职半天后，主动退了所有的公司群，立马删了所有让你看着不顺眼的领导和同事。别让自己离了茅厕，还得忍着恶臭。

“我还年轻”不是你心安理得当“废柴”的挡箭牌

01

今天上午，我快被自己带的实习生气哭了。

事情的来龙去脉是这样的。早上我让他整理一份可合作的自媒体号名单，这并不难，所以他很快完工了。

这个实习生是某名牌大学毕业的，按常理，我没必要怀疑他的工作能力，但是不怕一万只怕万一，所以我还是谨慎地审核了一下。

一审吓一跳！好多自媒体号的名字，居然都存在错别字！

这个问题说大不大，但说小也不小。如果这个纰漏出现在合作方案里，见面洽谈的时候难免会给对方留下恶劣的印象。

我把实习生喊到会议室，压抑住自己的情绪，耐心地指出了他的错误。

“抱歉啊，西门哥，我也是一时疏忽，日后保证不再犯了！”

他反省的言辞还算诚恳，但那副语气和神态却似乎在暗示：“我还年轻啦，您作为前辈宽宏大量一点呗，别放在心上啦！”

什么？明明是你犯的错误，纠正的人反而成了刻薄的一方了？

我正想发火，猛然想起了一年前的自己。

02

2016 年，出于对文字的热爱，我加入了彼时的公司，成了一名新媒体写手。我大学的专业不是这个，所以我得逼自己去适应这个全新的领域。

由于一开始还是挺顺风顺水的，于是慢慢地我就有点飘了。

可想而知，我犯错就只是时间问题而已了。

“你知不知道这个不恰当的用语，可能会给公司带来难以估量的损失？”领导把我喊到办公室破口大骂。

我吓得双腿直打战，脑子不知道怎么的就“抽风”了，下意识地辩解了一句：“抱歉啊，方总，我的初衷是好的，只是没想到……唉，我果然还是太嫩了。”

这下可好，我明白到了什么叫作“火上浇油”。

“西门，你给我听好，别用年轻当作你工作失误的挡箭牌！”

听完这句话，我一个星期都处在自责和不甘的情绪之中。

自责的原因不必解释，不甘的点在于，我毕竟还是该领域的小白，犯点错无可厚非啊！

听听，这种自我辩解的想法，是不是让你觉得似曾相识？

如果你点头了，请赶紧醒悟过来——公司请你来上班，从来没有帮你“催熟”的义务。他们花钱，是来购买你的行动力、注意力和创造力的。

年轻可以是犯错的资本，但绝不应该成为你心安理得犯错的借口。

03

西门君觉得，《穿普拉达的女王》是每个职场新人必看的电影之一。

安迪是“女魔头”米兰达的二号助理，工作上要处理的琐事可谓奇葩之至。比如，米兰达一通电话打来，安迪就要随叫随到，买一本尚未出版的《哈利·波特》书稿，甚至在暴风雨之夜从迈阿密飞回纽约……

前几任的助理都打了退堂鼓，只有安迪坚持到了最后。除了坚韧不拔的精神，安迪最打动我的，是她虚心学习的态度。

“这个我现在还不会，但是不用担心，我马上就去学。”

“您的要求让我有点为难，但是给我点时间，绝对可以处理好。”

想在职场里实现华丽蜕变，这个过程必然是带着血和泪的。用马薇薇的话说就是：“这个世界上不存在不需要抵抗重力的飞翔。”

但是话又说回来，流了血和泪，不代表你就成长了。

我听朋友吐槽，她有一个女同事，工作三年了连打印机都不会用。某天需要复印一份很重要的文件，她一通乱按后弄坏了机器，急得当场哭了起来。

大家纷纷围过去安慰她，其中一位同事替她复印了文件。拿着文件，她破涕为笑，径直冲向了领导的办公室。

事后，她依旧不会使用打印机，依旧没有打算学的意思。这下子，也再没有人愿意教她了。

“她觉得，遇上不会的事总有人会帮自己，何必去学那些鸡毛蒜皮的事情呢？”朋友又好气又好笑地说道。

咪蒙的“职场不相信眼泪，要哭回家哭”争议很大，但是其中有句话我深表认同：

“总有一些新人把职场当学校，等着有人来教，顺便画个重点。老大，公司是发钱的，而学校是要收费的好吗？”

那些把领导当老师，把职场当学校的人，就等着挂科吧。

04

下班后，我请那个实习生撮了一顿火锅。看着他初生牛犊的样子，我想起当年青涩的自己。一番思想斗争后，我决定给他第二次机会，希望他明白，我可以对他网开一面，但这个社会并不一定会。

人们不会因为你是十八岁还是二十八岁，就对你犯的错误区别对待，这是社会运转的基本法则。它很冷酷，但是也无比公正。仗着自己年轻对犯错不以为意的人，迟早会被残酷的职场规则所淘汰。

及时磨砺自己吧朋友，就从这一刻开始。毕竟，其他人不是你妈，没有容忍你一无是处的义务。

为全勤奖，我半夜十二点去公司打卡

01

昨晚和朋友阿泽吃夜宵，他一边啃鸡翅一边跟我吐槽：“弄死老子了！前天晚上十一点半，我正躺在床上玩王者呢，突然想起下班的时候忘记打卡了，整个人噌的一下就站了起来。穿衣、冲刺、打卡……还好没过十二点！”

我脑补了那个画面，简直哭笑不得——一个一米八的汉子，穿着背心和大裤衩在午夜的街头狂奔，知道的还好，不知道的还以为有人大晚上的在耍流氓呢。

“不就缺次考勤而已，至于吗？”我调侃地问道。

“我们公司很变态的，只要你缺一次打卡，这个月的全勤奖就没了。如果你超过两次忘记，甚至还会扣几百元作为惩罚。哎，那句电影台词怎么说来着？‘成年人的世界里，没有容易二字。’不说了，喝酒。”

干完杯中酒，我鼻子一酸，蓦然想起了三年前的自己。

02

三年前，我还在某个互联网公司担任文案一职，由于岗位上的独立性，加之性格的原因，我基本上在公司都是独来独往的——或者说得更直接点，我对于职场所谓的“人情世故”毫不感冒。

混迹职场多年的人一定知道，一个公司里最受欢迎的，不是领导就是人事。

前者无须解释，至于后者，他们掌握着公司上下的考勤指标，人缘能差吗？至少我每次敲开人事办公室的门的时候，他们的桌子上永远都不缺零食。不过，我也并不在意这些，毕竟也不关我的事。

谁知道，后来还真的关我的事了。

一次月末复盘，领导回溯当月的员工表现时，单独提到了我的名字，让我背后直冒冷汗。

“西门，你本月考勤有一次迟到和一次旷工，什么情况？”

“那次迟到我承认，但是旷工我真没有啊！应该是下班忘记打卡了，不好意思……”

“你不打卡，公司怎么判定你几点下班？是加班还是早退？”

我感到一阵憋屈，一方面是心怀歉意，另一方面则是深感不公。

许多同事都是早上九点多才到的，但因为领导十点才来公司，所以他一直察觉不到。

你可能会问，不是有打卡系统吗？难道机器会骗人吗？

机器当然不会骗人，可操控它的人会。别忘了，这一切都是人事在掌管的。大家平日献的殷勤，在月末考勤上就“派上用场”了。

或许这就是上班族最无奈的一点吧，你好不容易躲过了公司“明规则”的压榨，却又莫名其妙地被“职场潜规则”给摆了一道。

03

昨天下午我在朋友圈发了一条动态：“你们公司最奇葩的规定是什么？”瞬间收到了各种各样的回答。

什么“必须西装革履来上班”“以来大姨妈为请假理由不予成立”“上班刷淘宝要罚款”……

我正准备一条条回复的时候，一位读者私聊我说，她觉得公司禁止内部谈恋爱的规定很荒唐。

“部门有个姑娘和我们组长好上了，她特别为难，因为根据公司的规定，这种情况两方需要有一方自动申请离职，她舍不得这份工作，但是也没有勇气要求对方跳槽。她找我倾诉这些，我真的很难受。”

然后，她又和我说了很多细节。最后，我忍不住“戳穿”了她：“那个姑娘，其实就是你吧。”

“你怎么知道？”她一惊，“那……西门君，你可以给我点建议吗？我是应该分手？跳槽？还是奋起反抗公司的规定？”

这可真是难倒我了。

恐怕，这是很多职场新人的共同的苦恼吧。面对公司的“奇葩”规定，有人敢怒不敢言，有人欣然接受，有人则另谋高就。

但如果你非要我给个建议，我的回答是六个字：“要么忍，要么滚。”

这非常不像我一贯的怼人风格，对吧？因为我希望你们明白，公司本质上就是一个小社会，而社会本来就是由许许多多的规则约束且运行着的。

有痰的时候不让随地吐痰，憋的人是很难受。可是没办法，你要为环境卫生考虑，不能只图自己痛快而不顾其他。

赶时间的时候，每个人都有闯红灯的想法。可你必须忍住冲动，因为你要对自己和他人的生命负责。

诸如此类，不胜枚举。

我们总会在生活中碰见很多让人无奈的事情，有苦难言，最后只能被迫妥协，慢慢变得愤愤不平，甚至充满戾气。

具体到公司来说，也是一样的道理。是的，也许不打卡就罚款的条约很苛刻，禁止办公室恋情很不人道，但是没办法，既然你选择加入，在签下合同的那一刻起，你就理应遵守公司的游戏规则。

这个世界上有一条重要的规律，那就是谁更容易适应这个社会，谁就有责任去适应这个社会。就像薛兆丰在《奇葩说》里说的那样："你要一个你看得顺眼的世界，这可能吗？不可能。但要你学会把世界看得顺眼，这是可以做得到的。"

如果有一天，你觉得自己足够厉害，你完全可以自己创立公司然后设定规则，但等到那时候你会发现，这世上不存在让所有人都满意的规则。

从来都没有。

你们公务员又不挣钱，赶紧跳槽

01

作为一名非知名KOL（意见领袖），我经常会听到一些啼笑皆非的评价："你是不是认识很多大佬？马云的微信有吗？""你是不是接一篇广告，抵别人一个月的工资？"……

一开始我还会耐心地一句句回应，到后来我直接懒得搭理了。毕竟我的时间贵得很，有这闲工夫我还不如接篇稿子。

不过有一天小方对我倾诉烦恼的时候，我立马放下了手头的工作，约他出去喝了一杯星巴克。

小方是我学弟，当年和我特别玩得来，而且他毕业也选择留在杭州发展，所以我俩一直保持着联系。

"你微信上说要辞职的事是真的吗？"我一边转着咖啡杯，一边问小方。

"还没决定，但是八成会吧……主要单位里的活实在是太乏味了，简直是在浪费生命。”

小方是在某机关单位做文秘工作的，当年为了和几万人争抢这个名额，他苦苦备战公务员考试大半年。最后，也算是功夫不负有心人。

一开始，小方的工作状态特别积极进取，不仅连续两年被评为优秀分子，而且赢得了领导的极大信任，单位内外有许多人都排队想拍他的马屁。

然而渐渐地，小方对于自己选择的职业道路产生了质疑。

“领导每次出差都要带我，而且每天都有干不完的杂事，烦都烦死了！最重要的是，做公务员太安逸了，简直就是混吃等死，一眼就能望到尽头。西门，有时候我挺羡慕你的，为了自己的梦想而奋斗，自由自在，真好。”

听到“自由自在”几个字，我半口拿铁差点喷出来。

拜托，老子忙起来的时候，真的恨不得跟哪吒一样三头六臂好吗！

我把吐槽的话从喉咙憋回心里，严肃地和小方说了一句：“你先想清楚再决定，你所厌恶的地方，正是别人梦寐以求的圣殿。”

02

有时候不得不感慨，真是“三十年河东，三十年河西”。想当年“80后”挤破脑袋想当公务员或者考上事业编，原因也很简单，社会地位高，福利保障好，铁饭碗，工作清闲……简直就是完美职业。

而现在一些“90后”小孩呢，一听到“公务员”三个字就皱眉头。毫不夸张地说，哪怕送他们多余的名额，他们都不一定乐意去。

在前公司的时候，我带过一个从事业单位跳槽来的实习生，我好奇地问她是怎么考虑的。毕竟，“安稳”是很多女孩子的梦想吧。

她笑了笑，回答我说：“最青春的时光，难道不应该出去闯闯吗？”

乍一听，还挺正能量的，然而她的工作表现，却完全配不上这句话背后的“雄心壮志”。

她总是公司第一个下班打卡的人，偶尔需要加班的时候，她脸上也经常挂着不悦的表情。更别提周末了，临时有公事时压根就联系不上她，因为她的电话永远处于关机的状态中。

作为一位“毒舌”的前辈，我严肃地找她谈了谈。令人无语的是，她居然完全没有意识到自己的问题。

“西门老师，被您这么一说，我才发现自己身上还带有在老东家养成的坏习惯，我一定会及时更正的！”

“好的。话说，你当时为什么会选我们公司呀？”

“呃，”她脸一红，“因为当时有个辞职的朋友怂恿我说，‘公务员又不挣钱，去民营企业等上市分红才是王道’。”

那一刻我才哭笑不得地领悟到，这个社会有许许多多从机关事业单位跳槽甚至下海的年轻人，压根就没有考虑过自己的职业规划或者公司前景，他们只是脑子一热地想到：“这里的规矩太多了，钱又少，没意思，老子不干了！”

然而，大多数时候，没意思的不是职场，而是你。因为你自己不思进取，甘愿做井底之蛙，所以你才会觉得当下的工作乏味无聊。而干的活越无聊，你就越自甘堕落，“恶性循环”便这么产生了。

03

那些为了所谓的个人理想，盲目跳槽离开事业单位的人，我目前没遇到一个不后悔的。毕竟愿望和现实之间的距离，比南极到北极的距离还要远。

你以为去了企业就能少出差了，结果该去的客户局一场不能少。

你以为去了企业就多点收入了，可是掰指一算，七扣八扣之后的钱还不如老东家给的福利丰厚。

你以为去了企业就可以避免溜须拍马了，结果……你确实不用“烦恼”了，因为你被孤立了。

知道问题出在哪吗？你把企业当成了培训机构，以为企业有足够的资源提高你的专业能力，仿佛只要跟在同部门的大神后面就能“挂机升级”，可是对不起，你想太多了。

企业不像机关单位，没人有义务手把手地带你成长。你想要进步，唯有靠持续不断的自我学习。

所以，在你走出个人舒适区之前，请不要乱动跳槽的念头。最起码，先做到你们单位的佼佼者再说。

希望你明白，这世上最稳定的岗位，是做足够优秀的自己。

不管不顾而跳槽的人，无论是从事业单位跳去企业，抑或是反过来，都是欠缺理智的。因为人各有所长，适合自己的，才是最好的平台——哪怕它只是一家创业公司。

是金子，迟早会发光。是石头，哪怕换了一个地方，也改变不了被人踩两脚的命运。

第八章

父母是我们今生今世最大的负担

父母是孩子前半生唯一的观众，
孩子是父母后半生唯一的观众。

——颜如晶

父母是我们今生今世最大的负担

01

“不知道这么说好不好，但是有时候，妈妈真的是我的负担……”

这是阿瑞离开杭州前，和我说的最后一句话。

上周五，他突然在朋友圈宣告辞职，吓得我立马拨了电话过去。

“瑞，你这什么情况！工作犯错误了？还是有猎头挖你了？”

“唉……都不是。”阿瑞长叹一声，“我妈昨天做家务时候，脚下一滑，直接摔成了粉碎性骨折。”

“啊！”我一惊，“你是要回去照顾阿姨是吧？可……非得辞职吗？你们领导应该可以通融通融的吧！”

“西门，”阿瑞打断了我，“当年我毕业执意留在杭州不回河南，妈妈就是强烈反对的。现在出了这码事，大概也是老天召唤我回去吧。”

我沉默了半分钟。

“你哪天走？我送你一程。”

“周日。”

“好。”

分别的那天，我目送他的背影渐行渐远，心中无限惋惜，既是为公司痛失一名销售天才，也是为自己少了一位可以痛快饮酒的好兄弟。

“父母是我们今生今世最大的负担。”阿瑞的这句话一直萦绕在我耳边，久久无法消弭。

02

教育学家认为，一个人会成为什么样的人，极大程度是由家庭环境决定的。如果你的父母整天吵架，你难免会对婚姻产生阴影。如果你的家庭是书香门第，你多多少少会因此耳濡目染。

基本上，你的父母有什么样的教育观，你就会得到什么样的价值观。

但问题来了，我们每个人都是独立的个体，彼此间的差异性是永恒存在的。两个人只要有差异，就一定会有冲突，哪怕是父母和子女之间也不例外。

我曾经在微博上写过一句话：“每个人的一生都是一部和父母的斗争史。”别以为这句话是骇人听闻，回忆一下网上林林总总的新闻吧——

“一小伙被父母强制要求考取公务员，历经三年仍未考上。”

“某大龄剩女被父母安排一百场相亲，几近崩溃。”

“婆婆执意不肯搬离儿子的家，儿媳妇愤怒离家出走。”

是不是感觉很熟悉？

冲突的结局无非两种，妥协与不妥协。

不妥协，轻则终日鸡犬不宁，重则与父母断绝一切联系，堪称伦理悲剧。

但是，你以为妥协就是一种“双赢”，就是最好的结局？恰恰相反，这是一种“双输”。

李安早年拍过的《推手》《喜宴》和《饮食男女》，被称为“家庭三部曲”。其中最让我震撼和难以忘怀的是《喜宴》。

“事业有成的男同志伟同被父母逼婚，迫于压力，只能与男友赛门分手，并与女艺术家葳葳假结婚。然而，传统的老父亲仍然敏锐地看透了真相……”

故事的结局，老爷子办了一场体面的婚礼，儿子也顺理成章组建了家庭，一切看起来如此美好。但是只要你联想到之前的剧情，就会发现这场皆大欢喜的“喜宴”，根本就是一个绝妙的讽刺。

父与子妥协的背后，没有赢家，只有两败俱伤。

父母都是望子成龙的，他们常常自觉或不自觉地为我们规划好了人生发展的蓝图。为了不辜负父母的期望，我们只有逼迫自己成为他们喜欢的模样。

“我明明是虫，他们却逼我为龙。”我请你告诉我，这不是“负担”是什么？

03

儒家《孝经》开宗明义曰：“身体发肤，受之父母，不敢毁伤，孝之始也。”

自古以来，“孝顺”二字都是中华民族最重要的品德之一，在现代社会自然也不例外。

孟非主持的《中国式相亲》中有一期，女嘉宾圆圆对一个男嘉宾迷恋不已，但是妈妈考虑到两人的年龄鸿沟，当场表示了强烈的反对。最后在表白的环节，圆圆带着歉意对男嘉宾说：“虽然我很喜欢你，但是我尊重我妈妈的意思，对不起！”

一旁的妈妈如释重负，圆圆却泪如雨下。那一刻，想必妈妈的固有观念是她最大的负担吧。

是的，她退让了。然而，这有什么好指责的呢？

出于爱而妥协，这是世上最值得歌颂的“窝囊”。

为了他物去伤害我们和父母间的感情，不值当。在扮演任何社会角色之前，我们首先是子女的身份，血浓于水，这份羁绊永远不会改变。

父母在，人生尚有来处。父母去，人生只剩归途。

是的，也许父母是我们一辈子的负担，但是这份负担同时也是一种念想。多亏了这份念想，我们孤独的双瞳不再失真，迷途的双腿也不再无处落脚。

是的，也许父母是我们一辈子的负担，但是这份负担同时也是一种鞭策。带着这份力量，纵使我们在异国他乡漂泊无依的时候，仍有勇气奋然前行。

是的，也许父母是我们一辈子的负担，但是我们的双肩心甘情愿去承担。因为，这是我们在人世最甜蜜的负担啊。

我的微信通讯录里没有妈妈

01

前两天远房表哥约我吃饭，一脸坏笑地告诉我他找到对象了。

“你嫂子照片发你了，是不是很漂亮？哈哈，也帮我转给你妈看看吧，我小时候她那么照顾我，这种人生大事还是需要她把把关的。”

“哦，好的，我这就转到我的家庭群……”

表哥愣了一下。

“嗯？你转到家庭群干吗，我是让你妈先看看啊。”

“我没有加我妈的微信。”

“啊？”表哥似乎大吃一惊，“看你平时蛮孝顺的样子，居然连你妈的微信也没有加！”

我知道他是在调侃，可是一股无名火还是从心底冒起——我没有加妈妈的微信，就是不孝顺？就是不爱她吗？

02

在解释微信通讯录里为什么没有我妈之前，我想先分享一下闺密小琪的故事。

小琪是我的大学学妹，半年前，她遇到一件不算烦心的烦心事——

母亲在微信上三番两次地发了好友申请，她本来想无视的，但是一番思索后，索性还是通过了。

加后不久，小琪就后悔了，因为自己的妈妈，实在太“黏人”了。

小琪是做活动策划的，修改方案需要保持连贯的思维，但是妈妈的微信语音总是会打断她的思路。哪怕她和妈妈解释自己在忙，对方也会时不时发来生气的表情，弄得小琪哭笑不得。

更郁闷的是，小琪再也没法全身心地泡夜店了，因为晚上十点和十一点她要准时准点地和妈妈视频通话……

“这还怎么让人放飞自我！”小琪无奈地抱怨道。

这就罢了，最让小琪头疼的是，自己的朋友圈也不敢乱发了。

“小琪，什么叫雷死了？该不会触电了吧！”

“女孩子家，衣服穿得矜持一点，露个肩膀算怎么一回事！”

“又吃外卖？地沟油有害健康不知道吗！”

机智的你一定会说，这有什么的，分组就行了呗！小琪也是这么想的，问题是，分组难免会有“漏网之鱼”啊。

“姐，你昨天合影那个男生，好帅啊，是你什么人？”家庭聚餐时，小琪的堂妹无意嘀咕了一句。小琪妈听见之后，脸色大变。

饭后，她把小琪拉到房间里，略带生气地质问道：“你恋爱了就告诉妈呗，搞什么分组啊！”

“不是啊，只是朋友！”小琪一边狂摇头，一边解释道，“这不是怕您想太多所以……”

“好了，不用解释，妈懂了！”小琪妈黑着脸回应。

事后，小琪对堂妹也发了脾气，总之那晚大家都有点不太愉快。

小琪和我吐槽这些事的时候，我的第一反应是，“幸好我没有加妈妈的微信！”

和父辈互相交换彼此最真实的一面，有这个必要吗？我觉得没有。

首先，两代人之间是有难以逾越的鸿沟的，这是矛盾产生的根本原因。三观没有对错之分，只有新旧之差。道理我们都懂，可是冲突在所难免。

其次，每个人都有不想被任何人打扰的私密空间，哪怕亲人之间也不例外。请不要剥夺我们安安静静做自己的权利，好吗？

姜思达在《奇葩说》里说过一句话，深得我心：“我宁愿让父母蒙在所谓幸福的鼓里，也不愿让他们站在原野上，为了我与万千野兽为敌。”

何况，甲之砒霜，乙之蜜糖，我眼里不痛不痒的“浪花”，却莫名其妙成了父母眼中的“洪水猛兽”。许多家庭沟通悲剧，就是这么诞生的。

03

我妈是个有点“臭美”的中年妇女，当年QQ空间流行的时候，她隔三岔五地暗示我点赞她的新自拍。举手之劳，我也就顺手点了。

可是说实话，我是有点排斥的。你们能够体会那种感觉吗？当与亲人之间的互动成了例行公事，人就有一种被亲情裹挟的窒息感。

除了自拍求点赞，我妈还经常在家庭群里放链接“求投票”“求转发”，在群里我还可以假装视而不见，如果是私聊，你告诉我，投不投？转不转？

“不想帮”的理性和“该帮的”感性在打架，大脑不论站哪边，我最后都会内疚。

尽管最后我还是会照做，但是长此以往，难免会叩问自己——“如果连爸妈这点小忙都不帮，那我简直也太不孝了！”

如果可以，请不要给我这个内疚的机会。

04

说到底，微信只是一个社交工具，以“有没有微信”来判定两个人关系的疏远或亲近，实为武断。

如果你想了解妈妈，你不应该通过翻阅她的朋友圈的方式，而是应该想方设法地进入她的生活。她的所思所想、所见所得，才是她最丰富多彩的“朋友圈”。

我不想帮妈妈的新照片点赞，并非出于冷漠，而是因为它们一半都是我拍的。

我不希望妈妈时刻和我保持联系，是因为没有必要，我基本上每周都会在家里吃饭。

不是每一个母亲节，我都会记得送她礼物，但是该主动做家务的时候，我责无旁贷。

是的，我的微信通讯录里没有妈妈，可是她永远占据着我生活最重要的一席之地。

我在网上约了一个中年妇女

01

做自由职业很烦的一点，就是要自行缴纳社保。我去年也有过一段工作上的空档期，那次去社保中心走手续，生生用了三个小时，简直崩溃。

幸好，随着互联网的发展，现在很多事都可以请人代劳了。这不，我昨天就预约了“代排队”的业务，平台很给力，仅仅过了十五分钟就有人接单了。

“您好，我需要找人去社保中心代排队，您方便不？”我礼貌地问。

“方便方便，您家地址发一下，我过来取一下身份证。”

“好。”

说实话，把身份证交给一个陌生人，我的心里还是没底的，不过当我开门看到对方后，心里的石头基本落地了。

“不好意思，您家小区太绕了，我差点迷路了。”对方一边道歉，一边用手帕擦着汗。

我打量了一下对方，典型的中年妇女形象，年纪应该比我妈大几岁，看起来相当淳朴。

看到她满头大汗的模样，我赶忙请她进屋歇歇脚，然后递上了一杯水。

“谢谢小伙子，这么大的房子，你一个人住？”

“不是的，阿姨，我和爸妈住一起。”

“哦，和爸妈住一起，真好……”

不知道为什么，她将“真好”两个字重复了不止一遍，还轻叹了一声。

“阿姨您的孩子应该挺大了吧？”

“嗯，我就一个儿子，现在他和老婆在加拿大定居呢。”

“您不跟着过去吗？”

“语言不通呀，再加上在杭州这么多年了，舍不得走。”

我摇了摇头，不由得感慨，也许现在空巢老人越来越多的原因，不是儿女的无能，恰恰相反，而是他们太有出息了，快得父母完全跟不上他们的步伐。

02

明年春节一过，我妈就要退休了。

我也曾经和她探讨过退休后她何去何从的问题，她的第一反应是："反正无论如何，我是不会去跳广场舞的，跳不动。儿子你以后赚到大钱的话，我就环游世界去了。"

"得了吧，就你这老胳膊老腿的，可别磕着碰着了。"我爸突然在旁边插了一句嘴。

别看我爸这么毒舌，其实他是担心我妈一个人旅行的人身安全。

"还不是怪你，还有四年才退休，不能一起去旅行！"我妈朝我爸翻了一个白眼，"那你说，我应该做什么？"

"要不"，我打了一个圆场，"去办个小型英语培训班？"

"拜托，你妈我好不容易退休想图个清闲，你还让我接着过备课的日子？"

"也是……"

我们就这么东拉西扯了半天，我妈突然赌气说了一句："唉，烦死了，我退休还是去养老院吧。"吓得我下意识地摆摆手："别别别，别人还以为我多不孝顺呢！"

"哎，要是我退休了，"为了缓解气氛，我爸机智地刷起了存在感，"我就天天看电视，警匪剧、都市剧、古装剧一个个看过来。"

可别以为这是我爸的玩笑话，他每天晚上电视不看到十一点绝不罢休。

"您的视力本来就差，一直保持一个姿势，对颈椎也不好呀！"

"哟，这小子，开始管起咱俩来了，翅膀硬啦！"爸妈对视而笑。

在他们爽朗的笑声中，我突然意识到，不知道从什么时候开始，我竟然像他们曾经管教我那般去管教他们了。

他们出远门我会提前料理好杂事，他们如果磕磕碰碰我立马吓得四处找药，他们如果大晚上还没回来，我会急着狂打电话。

也许这就是成长吧，在人生的某一个瞬间，你会和父母角色转换，仿若一次生命的轮回。

知道为什么吗？因为你害怕他们老去，所以你会铆足全力去拽住他们，就像曾经他们拽着调皮的你。

03

前两天我在电脑上看了2018年很火的电影《后来的我们》，说实在的，打动我的并不是其中的爱情桥段，而是其中的父子情深。

其中最让我印象深刻的镜头，是男主角的父亲骗儿子过年很热闹（其实也就两个人），男主角骗父亲自己混得很好，然后转头吃着泡面……看得我鼻子一阵酸。

有人说，这是善意的谎言，可我并不这么觉得。

如果我妈为了不增添我的负担，执意住进养老院，或者我爸为了多挣两个钱，下班后去开顺风车，而且他俩还不愿告诉我真相的话，我一定会心生怨念。怨的，不是他们的执拗，而是我的无能。

“如果，我可以多赚一点钱，或者多陪伴他们一点，也许……”

但同时，另一个声音也悄然在我心底响起——也许，父母本来就是不萌又作的小孩，他们决定的事，我们无法轻易改变。

这就好比我们年轻时，不管不顾，一心只想追求诗和远方，无论父母怎么规劝，都无济于事。他们唯一能做的，就是目送着我们远去的背影，渐渐两鬓斑白。

就像《蓝鱼手绘日记》里说的那样：“父母以为我们不会长大，我们以为父母不会变老。我们都错了。”

我曾经一度以为，我们和父母的疏远是一个单向的过程，我们长大，然后去外地工作，最终成立自己的家庭，如此而已。

但这些年来，我逐渐领悟，其实这个离别的过程是双向的。我们在离开父母的同时，他们也在以各种方式离开我们。就像《小别离》里说的那样：“这世间所有的爱都指向团聚，唯有父母的爱指向别离。”

这些年，我越来越感觉到父母不可能永远都像以前一样年轻，这是无可奈何的事情。但即便我目睹着父母年华老去，我也什么都做不了，只能不知所措地远远看着同样不知所措的父母。

我能做的，就是在他们住的不远处买一座大房子，静静地守望他们老去——就像当年，他们目送着我去远方一样。

你这口汉堡吃下去，你爸半天就白干了

01

我曾在知乎上看到这样一个问题，感觉值得探讨。

今天在KFC看到一个爸爸带着孩子来买儿童套餐。吃的时候。爸爸和孩子说："你这一顿饭，就花了我半天辛苦工作的钱。"孩子看起来有七八岁了，虽然没说话，但感觉像是听懂了。

的确，在三线城市，人均收入不高，在我小时候，也听过亲戚和孩子说"家里没钱但也给你买了""我舍不得吃都省出来给你吃"这种话。

其实我内心有矛盾，我理解在三线城市普通家庭收入的拮据，但也心疼孩子可能从小就要感受到那种莫名的压力和愧疚……所以，你们会在孩子面前表现出赚钱辛苦的情绪吗？

说实话，看到这个问题，西门君的第一反应是好笑，第二反应是沉重。

好笑，是觉得这位爸爸的教育方式好荒诞；沉重，是为“站着说话不腰疼”的自己而羞愧。

我翻了翻底下的评论，清一色都是“别把负能量传递给孩子”之类的内容。可是，什么是负能量？什么是正能量？又是谁来界定的呢？

对不起，这一次，我要坚定不移地站在你们所谓的“负能量”那边。

因为我觉得，有些时候，做父母，真的没有必要那么懂事。

02

说一个关于我朋友小龙的故事。

直到上个月他找我喝酒那天之前，小龙在我眼中一直是“别人家的孩子”。不过，和你们往常的认知概念不同，我之所以会这么看待他，是因为，只要他想要的东西，父母都会像哆啦 A 梦满足大雄一样满足他。

小学，就在我们还沉迷在机房玩扫雷的时候，他已经率先玩上了任天堂游戏机。

初中，他校园卡里的数字永远都是三位数，每次买零食的时候，他都不带眨眼的（也是那个时候，我成了他的小跟班）。

高中一毕业，他做了两件事——第一件，考驾照；第二件，买车。虽然算不上是多好的车子，但是也够他在同龄人面前吹一波了。

他的父母是合伙开零售店的，生意据说还不错，还开了几家分店，所以他会过上比一般人更优越的生活，我丝毫不感到意外。

因此，当小龙和我说出那句“其实，咱家并没有那么富裕”的时候，我几乎是愕然的。

“其实，咱家这几年并没有那么富裕……”他一字一句地复述，“我前天试探性地问父母什么时候帮我买房，他们是这么回答我的。”

“可是……”我沉默了许久后，憋出这两个字。

“可是大家都认为我们家挺有钱，对吧？”小龙苦笑道，“不只你，我从小到大也是这么想的。后来我才知道，这两年社会不景气，加上有个亲戚从我家借了几十万，没打欠条，要不回来了……”

“那你听到那句话，是什么感受呢？”我小心翼翼地询问。

“比起无法回到舒坦生活的郁闷，我更痛心的，是父母对我的隐瞒。他们完全可以如实告诉我家里的情况的，而不是等我问了，才窘然地告诉我真相。”

我不知道该接什么话，兀自喝着啤酒。

03

知乎的这个问题的本质，其实是“该不该让孩子了解家庭的真实经济状况”。

我的回答是，该。千万别让孩子觉得，父母的付出是理所应当的。

自从十一岁那年，我爸和我说了一句：“零花钱悠着点花，咱家境况真的很一般。”我的消费习惯基本就被定型了。

我从不买任何昂贵的潮牌，能骑车就尽量不打车，甚至直到现在，我连爸妈的收入都不敢问。

也许有些人觉得，让一个十一岁的少年，承担家庭生活的重担，未免有点太早了。

某种程度来说，是的。然而就像罗曼·罗兰说的那样：“世界上只有一种真正的英雄主义，那就是在认识生活的真相后依然热爱生活。”

对于身心初步成熟的孩子来说，趁早离开舒适区，看清生活的真实面貌，避免成为温室里的花朵，本来就是应当且必要的。

中国式父母最大的问题在于，总是喜欢两个人（甚至一个人）默默地把生活的苦楚扛下来，转头面对孩子的时候，却勉强挤出笑容。

我觉得，这是不对的。

如果家境不错，你就大大方方地告诉孩子；如果家境一般，你就坦然自如地告诉孩子；如果家境凄惨，你就斟酌字句后告诉孩子。

你并没有自己想象中那般坚强，孩子也远没有你想象中那般脆弱。

记住，永远不要让孩子在始料未及的情况下得知家庭的真实情况，等到那个时候，他的内心只会充满了愤怒、无力和内疚。

经典电影《当幸福来敲门》里，威尔·史密斯饰演的爸爸一开始是个 loser（失败者），但是他乐观地接受了现实，并和儿子坦承了家庭的境遇。

他儿子的回答令人感动：“一切都会好起来的，你不是一无所有，你还有我。”

爸妈，如果你们赚钱很辛苦，或者过得不如意，请一定如实告诉我。生活这条布满劫难的江流，让我们一起携手渡过去，好吗？

闭嘴！别再说“女儿是父亲前世的小情人”了

01

今天西门君在微博上看到一则新闻视频，简直让人头皮发麻。

视频里的男性和女娃是某列车上的乘客，视频中，前者不停地掀开后者的衣服，然后疯狂地上下摸索着，甚至还用上了嘴巴和“其他器官”。

据视频拍摄者爆料，女娃不止一次地试图反抗，也大喊过“爸爸你不要再摸我的屁股了”，但是对方丝毫没有收敛的迹象。

更令人跌破眼镜的是，女娃的外婆和母亲就坐在不远的座位上，一副早已司空见惯的样子，对这一切熟视无睹。

诸多蛛丝马迹表明，这名男子对于女儿“过于亲昵”的行为，已经不是第一次了。

在高铁这种公开场合，该男子都敢如此旁若无人，倘若在家里这种私密空间，每天究竟在上演何种越轨之事，简直令人“细思恐极”！

接到举报后，当地的警方第一时刻予以深入调查。然而，调查的结果着实令人心寒。

铁路警方回应，组织调查后查明："视频中的当事人周某某（男，30岁）与小女孩（5岁）系父女关系，周某某行为不构成猥亵违法。"

对此，身为"法盲"的西门君想弱弱地问一句，如果这都不算猥亵，什么算猥亵？还有，难道亲生父母就不存在犯"猥亵罪"的可能了？

02

我翻了翻相关微博底下的评论，大部分网友还是一边倒地批判禽兽父亲的，还有些网友，则仍然坚持称"这就是正常的父女间的亲昵行为，只是有点儿过火而已"。

对不起，您是不是对"亲昵行为"四个字有误解？

父女间正常的亲昵行为是怎么样的？牵手，拥抱，最多亲个脸蛋，无论女儿是什么年纪，至多于此了。再过分点的举动，明显有越轨的嫌疑——更别提女儿进入青春期之后了。

为什么"吴宗宪搂抱女儿""胡军亲吻女儿"的照片会引起争议？就是因为在表达"父爱"这件事上，两个人做出了有悖正常父女关系的举动，而这，委实让观者有点视觉不适。

虽然胡军解释说："这不过是父女亲密关系的表现，九儿（胡军女儿）是愿意的。你们不要过度解读。"但是对不起，西门君接受不了这个观念。

难道女儿愿意，你就可以堂而皇之地越轨了？那如果她要是再愿意尝试别的事，恕我直言，父亲们岂不是还真打算跃跃欲试了？

在中国，有一句描述父女情深的俗语流传甚广——“女儿是父亲前世的小情人”。

许多人不知道，这句话始出自弗洛伊德的《变形记》一文，本意指“乱伦、恋父、幼齿癖以及处女情结的集中表现”。糟粕意味如此浓重的观念，居然被很多家庭奉为圭臬，实在让人费解。

“前世，前世”，怎么的？这一世你还想“再续前缘”？更别提“情人”二字了，向来都是难登大雅之堂的蔑称。

你用“前世情人”形容父女关系的时候，考虑过孩子她妈的感受吗？

世道的崩坏，往往就是从家庭伦理的失常开始的。

夫妻之间不像夫妻，像企业合伙人。

母子之间不像母子，像慈禧与同治。

父女之间不像父女，像前世的情人。

孔老夫子若泉下有知，铁定会感慨一声“呜呼哀哉”！

03

在西门君的观念里，“男女有别”永远应该排在“父女情深”的顺序之前。

一言以蔽之，请您先把自己和女儿生理上的区别捋清楚了，再去扮演父亲的角色。

我在知乎上曾看到过一位女网友吐槽：“我爸总是不敲门就进

我的房间，头几次我想想就算了，但有一次我还在换内衣呢，他推门而入，把我吓得大叫。更让人无语的是，他事后还埋怨我，‘叫什么叫，都是一家人，啥没看过！’”

我还能说什么呢，典型的“中国式爸爸”。

过了一段时间，我再去看那个帖子的时候，她似乎已经和父亲“约法三章”了——

第一，进女儿房间前要先敲门。

第二，不论是哪个家庭成员，别轻易赤膊。

第三，在女儿面前，父母不能讲粗言秽语。

哪怕是血浓于水的一家人，该有的规矩也不能破，该保持的分寸也要拿捏好。

回到“高铁男猥亵女儿”的事件，撇开主观上该男性有没有猥琐的想法不说，至少在客观表现上，已经构成了赤裸裸的猥亵行为。

视频里女娃拼命反抗的呼喊声，实在听得人揪心。

在国外，猥亵子女不仅会被判重罪，而且还将终身剥夺抚养权。有关部门给出过数据，百分之九十的性犯罪来源于身边的亲属。在“世风日下，人心不古”的社会背景下，身为“女性”和“女儿”双重身份的你，一定要学会保护好自己，并尽可能地远离那些图谋不轨的异性——哪怕对方是那个把你养大的男人。

毕竟，不是每一个“爸爸”，都配称作“父亲”。

第九章

你不是金子，就别老想着发光

世界不会在意你的自尊，人们看的只是你的成就。

——丘吉尔

你越缺什么，就会越觉得别人在炫什么

01

“昨晚和一个喷子在微博上对骂，气死我了。”小茹和我吐槽道。

我忙问怎么回事，她愤愤不平地回答：“我买了最新款的包包，开心地发在微博上，谁知过了一会儿有个喷子酸不拉几地留言，说我在炫富。我当然不爽啊，就跟他怼起来了。怼着怼着，他撂下一句‘越炫什么就是越缺什么’，就把我拉黑了，憋屈死我了！”

一旁的我，特别为她打抱不平。

这世上总有那么一部分人，完全分不清“炫耀”和“展示”之间的差别，不分青红皂白地就给人乱贴标签。

“越炫什么就是越缺什么”这话乍一听没错，大张旗鼓地呐喊可不就是为了掩饰某种匮乏吗？可是细细琢磨一下会发现，这个理论完全站不住脚。如果人家不曾拥有那些东西，又该如何炫耀呢？

在西门君看来，也许更符合现实的情况是——你越缺什么，才会越觉得别人在炫什么。

什么意思？其实很好理解，那些对富二代咬牙切齿的人，自己往往没什么钱。一个看到别人的甜蜜照就大呼“秀恩爱死得快”的人，绝对是单身狗。

你有我没有，我很不爽，但是我打死也不会承认自己低人一等，怎么办？简单，我酸你、黑你、挖苦你，哪怕这并不会改变我和你之间的差距，但至少能让你感受到我的不屑一顾。

阿兰·德波顿在《身份的焦虑》中解释了这一现象——当与我们处在同层次的人拥有比我们更好的东西，我们就开始怀疑自己的地位比他低，由此感到担忧。

而担忧的结果，好一点的成了“羡慕”，阴暗点的则沦为了“嫉妒”。

想想是不是这么回事？马云登上十次福布斯富人榜你都不会放在心上，但是同窗好友一跃成为知名影星，你一定会羡慕嫉妒恨。

见不得身边的人混得比自己好，是大多数人的通病。

02

日本作家东野圭吾在小说《恶意》里讲了一个让人不寒而栗的故事：畅销书作家日高邦彦在家中被杀，杀人凶手竟是同样身为作家的同窗好友野野口修。

很多人猜测野野口修的杀人动机，“一定是他和日高邦彦之间有什么不共戴天的过节吧”？其实并不是，他在事情败露后对警方供述道：“杀人没什么理由，我就是看他不爽。”

这是何等奇葩的杀人理由！

与一见钟情的美好相反，有的人，你刚接触就无缘无故地讨厌他，他的一举一动都让你反感。你完全不清楚这种抵触心理从何而来，但是仍然抑制不住。

在心理学家看来，这世上没有无缘无故的爱，也没有无缘无故的讨厌。这一切是因为他在你眼前是一面镜子，而你从镜子里看到了自己阴暗的那一面，这让你感到无比恐慌。

举一个也许不那么恰当的例子，一个二十出头的女孩子，如果开着一辆奔驰经过你的面前，估计大部分人的第一反应会是——她一定有个有钱的干爹！

虽然事后你冷静的大脑帮你分析了各种可能性，也许她确实家境殷实，或者她是个年轻的企业家，也可能曾经幸运地中了大奖……但你的潜意识，却教唆你用了最恶毒的想法去揣测这个女孩。

原因无他，嫉妒使人丑陋。

自己的年纪比她大，混得却比她惨，这种事实太令人崩溃了！所以你只能通过不断地吐槽和否定，来彰显自己的价值并不输人一等。

你真正懊恼的是：“为什么我在她这个年纪不像她这般年轻有为！”

03

那些“缺什么却觉得别人炫什么的人”，大多是社会的Loser（失败者），他们游手好闲，一事无成，需要通过不断抨击别人才能寻找到存在感。

就好比我们平时总能听到有人吐槽谁谁谁是“交际花”，其实哪来这么多交际花啊，不过是这帮长舌妇自己无人问津，妒忌别人桃花泛滥罢了。

这样的人，你要离他越远越好。你和他据理力争，他就死咬你在哗众取宠，你选择沉默不语，他就黑你是心虚默认。

我炫耀豪车，我知道这是事实，你却说我其实没那么有钱，我自然很不服气。有些人甚至不怀好意地说：“你的钱来之不义！”这是你的言论自由，但那也只是你自己的臆测而已。

弗朗索瓦·基佐就说过一句名言：“敢言之凿凿的人，极有可能都是胡说八道。”

你不了解我的生活，就给我扣各种“炫”的帽子，对不起，我不接受。这本来就是我平日生活的正常展示。

你觉得我装，对不起，恐怕是你太 low（低级）了吧。

你酷得没朋友，转过身，孤独如狗

01

每隔一段时间，我的朋友圈就会冒出类似“你努力合群的样子，真可怜”的文章，大意都是说“你不必为了强行融入一个群体，磨平了自己珍贵的棱角”。

说实话，起初我也觉得蛮有道理的，如果有人逼我加入一个和自己三观不合的团体，我的第一反应一定是拒绝。

不过，好友小 K 最近遇上的一些糟心事，却让我对这个观念有了质疑。

小 K 跳槽去的上市公司，同事们都很自来熟，中午会热情地邀请他去公司食堂共进午餐。看似挺好的一件事，却让他渐渐犯了难。

原来，小 K 觉得公司食堂师傅的水平一般，菜品换来换去总是那几样，于是逐渐心生倦意。于是他决定，连吃三天自己最爱的面条。

小 K 怎么也想不到，这个小小的举动，竟莫名其妙地让自己被扣上了“不合群”的帽子。同事中午不再邀请他共进午餐了，就连部门私下活动的时候同事们都不爱喊上他了。

他感觉很委屈，自己只是不想每天吃差不多的饭菜，至于落到这步田地吗？

他错了吗？当然没有，做自己想做的事，吃自己想吃的东西，合情合理。

那他的同事们错了吗？也没有吧！他们只是嫌你挑剔，再加上彼此也没那么熟，谁知道你是不是排斥群体行动，干脆不带你得了，一了百了。

这就是人际交往的残酷之处——从合群变得不合群很容易，但是从不合群回归合群却很难。

你努力不合群的样子，才是真的可怜。

02

孤独分为两种，被动的和主动的。被迫而生的孤独，是一种无法言说的酸楚。而主动性的孤独，说好听点叫“坚持自我”，说难听点，那不就是“装酷”吗？

我的堂弟，对学习毫无兴趣，每天沉浸在网游的虚拟世界里。我问他以后什么打算，他不耐烦地回答我：“学校里的人都是一帮废柴，我和他们可不一样，我的梦想是成为一名职业的电子竞技选手，燕雀安知鸿鹄之志？”

就事论事，我尊重他的梦想，也完全理解他的格格不入是出于对应试教育的不满。可是无论如何，对于这种走歪了的“个性”，我怎么也欣赏不来。

为什么？因为像我堂弟这样的人，错误地把“个性”与“不合群”画上了等号，以特立独行为荣，以随波逐流为耻。他们崇尚并信奉着鲁迅的名言：“猛兽都是独行，猪羊才会成群。”

问题是，“个性”与“合群”之间并不冲突。

哪怕在人声嘈杂的教室，你照样可以专心致志地读书，维持内心的自我平静。

室友们的生活习性各不相同，你们照样可以成为患难与共的兄弟。

诚如孔夫子所言：“君子和而不同。”在一个团体里，存在着与你观念或地位迥然不同的人，再正常不过了。

没有人天生是合群的，也没有人天生是不合群的，重要的是，你是否选择了一条最适合自己的路。

03

不知道从什么时候开始，这个时代开始鼓吹一种“个性至上”的理念，仿佛你丢失了个性，你就是一个俗不可耐的庸人。

在王小波的《一只特立独行的猪》里，主人公“猪兄”就是这么一只极有个性的猪。它不甘心和其他肉猪一样沦为人类的盘中餐。面对命运的宰割，它选择逃离猪圈，成了“一只特立独行的猪”。

你说，它是孤傲的英雄，昂首信眉。我却说，不对，它只是生活的逃兵而已。

你可以选择踽踽独行，但你不应该沉浸在孤芳自赏里无法自拔。

经典影片《海上钢琴师》的最后，主人公1900不愿像船上其他人那样踏上陆地，于是他选择弹着钢琴，和伴随自己长大的轮船一起沉入了大海。

那一幕，让我泣不成声。

与1900相似的，还有屈原。写下“众人皆醉我独醒，众人皆浊我独清”的他，带着救国无望的遗憾，决然投身于茫茫的汨罗江……

为自己坚持的信念独行至死的人，值得被歌颂，但是不应被推崇。因为你永远也分不清，这份孤独的荣光里，到底有多少成分，不过是“偏执”罢了。

有些人是因为优秀而孤独，而有些人是因为自卑而孤独。你的不合群，究竟属于哪一种？

合群并不是一种性格，而是一种能力，你要去锻炼它。一味地逃避与他人的社交是可耻的，你躲得过初一，躲不过十五，你现在所有的自闭，未来一定会在某个时刻让你付出代价。

04

纵观历史，小至团体，大至国家，正是由于人类想齐心协力，我们才成为地球当之无愧的霸主。而那些“不合群”，强行与世界相悖的人，是注定会被社会所唾弃、淘汰的。

人生大部分时候像在做填空题，而非选择题。有些团体我们有的选择，而有些团体我们无法选择，现实向来如此残酷。

选择我行我素的人，只有少部分是不愿同流合污的雅士，大部分不过是逃避人情世故的懦夫罢了。

他们情商低下，一无所长，无法融入团体里，于是不屑地放言：“我做不到强行合群，那是随波逐流！”典型的“得不到就毁灭”的阴暗心理。

别去羡慕那些为个性而个性的人，他们酷得没朋友，转过身去，却往往孤独如狗。

纪录片《世界上最孤独的鲸鱼》里，有一只叫作 Alice 的鲸鱼，在其他鲸鱼眼里，Alice 就像是个哑巴，因为她沟通的频率是 52 赫兹，而正常鲸的频率只有 15 ~ 25 赫兹。这意味着，她唱歌的时候没有人听见，难过的时候也没有人理睬，甚至，连一个亲朋好友都没有……

我相信，没人愿意做那只“孤鲸”，因为那份孤独，绝非一般人可以承受的。

日后有了孩子，我一定会语重心长地和他们说：“比起当不合群的天才，我更愿意看到你们成为合群的平凡人。”

优秀的人并非不合群，只是合的群里没有你

01

最近换了工作，新的环境和新的人，让我有种难以名状的陌生感。

被同事拉进一个吐槽群后，为了体现自己的合群，我只得勉为其难地偶尔冒泡。这不，今天又有人在吐槽新来的实习生了。

“××× 总是一副不合群的样子，不就仗着自己有点才华吗！”

“就是就是，小小年纪，装什么啊。”

我发了一个“围观”的卖萌表情，内心却对他们充满了鄙夷之情。

我想起以前看过的一期《非诚勿扰》，男嘉宾自我介绍说，自己认识很多公司的CEO，为了证明自己没有说谎，他现场拨打了电话。

第一通，没人接。第二通，没人接。

他尴尬地第三次拿起电话，被孟非无情打断：“算了，CEO 一般都需要预约。”

格调不足却妄图高攀的人，所谓的“跻身上流社会”，不过是

一种一厢情愿罢了。

你口中的大佬，顶多只能算得上是你的人脉，根本就不能算是你的朋友。而你，恐怕只是他眼中的路人甲乙丙丁罢了。

02

为了推广公众号，我加入了五花八门的社群。群里有人自谦地说自己是运营小白，有人坦诚自己是来广泛交友的，有人则吹嘘自己有过多么牛的项目经验。

说实话，我对他们没什么兴趣。真正引起我注意的，是某群一个不怎么说话的“加菲猫”（他的头像是加菲猫）。

有一天群里在讨论创业的事，“加菲猫”分享了自己创业的辛酸史，很实在，完全没有天花乱坠的修饰。他分享完之后，很多人去加他的微信，其中也包括我。

我热情地和他打了招呼，大概过了两个小时后，他回了我一句：“不好意思，刚在忙，很高兴认识你。”

我赶忙又发过去一条消息，求教关于个人迷茫期的问题。这一次，他直接没有回我。

不悦的我，找朋友吐槽这事，结果反被对方上了一课：“大家都很忙，谁都没有义务去回应每一条信息。何况你于他而言，不过就是个陌生的无名小卒，他凭什么理你？你懂什么是‘时间成本’吗？”

朋友的话让我如梦初醒，不由得联想起之前大火的“你的同龄人正在抛弃你”一文。文中有一句话，大意是：“同龄人抛弃你的时候，从来不会打一声招呼。”其实更准确的说法是，他们压根没有想过“抛弃不抛弃”的，他们从始至终压根就懒得搭理我们。

有一次，记者采访周国平先生为什么喜欢“独来独往”，他是这么回应的：“我天性不宜交际。在多数场合，我不是觉得对方乏味，就是害怕对方觉得我乏味。可是我既不愿忍受对方的乏味，也不愿费劲使自己显得有趣，那都太累了。”

优秀的人并不内向，只是你不值得他开尊口。

03

如今人们最大的社交障碍是，你嫌我太高冷，我嫌你没品位。

“咱俩加了微信，就算是朋友了吧，为啥不理我？”这句话的毛病在于，许多人把“认识”等同于“友情”，这种理解太肤浅了。真正的友情，应该是相互欣赏，相互钦佩，或者换言之，应该是“旗鼓相当”或者“势均力敌”。

可还记得《天龙八部》里的乔峰吗？这位武林中赫赫有名的大侠，会和一个柔弱的书生成为兄弟吗？显而易见，根本不会。

乔峰初见段誉时，完全没有把对方放在眼里，直到段誉用凌波微步赛过了乔峰，这才让他刮目相看道：“兄台内力果然不凡，想不到江南除了姑苏慕容公子外，还有如此高手！”

之后，两个人便结成了生死之交。

现代人的社交也是一样的道理。成年人之间的友情，并不是单纯无邪的交情。每一个人的成长都是带着血泪的，他凭什么把自己的资源轻易交给你？

请你先问问自己，你能给他带来什么样的价值，有没有超过他和你 social（社交）的成本？

就像《后会无期》中那句经典的台词那样：“小孩子才看对错，大人只看利弊。”

04

这个社会为什么讲究圈层？因为只有抱团取暖了，才能抵御“寒冬”。

而每个圈层，站在金字塔顶端的只有那么几个人，他们不会因为你的稚嫩而多看你几眼。毕竟，一直低着头真的很累。

自打我开始写作以来，发现这个圈子里的大神从不会多说一句废话，因为他们的时间很“贵”，完全可以拿来做其他更有意义的事，而不是和你尬聊。

这很残酷，但也很现实。如果你想进入一个圈层，首先你要掂量掂量自己的分量。分量有限却强行融入，只会落得个贻笑大方的下场。

所以，别再吐槽“优秀的人不合群”了，物以类聚人以群分，优秀的人不是不合群，只是他们合的群里没有你。

你需要做的，就是让自己变得优秀，变得不可代替。等到那一天，那些曾经对你爱搭不理的人，迟早会反过来和你搭讪。

实力是圈子的通行证，一个人的成长，其实就是从一个圈子迈向更高阶层的圈子的过程。

在你拥有足够的分量之前，请停止你无意义的埋怨。这个世界，弱者从来没有向强者讨要公平的资格。

我只是晒了女儿的清华录取通知书，凭什么踢我出群

01

前两天我看了一则新闻，挺让人哭笑不得的——一位名叫郭兰的女士，晒出女儿的清华大学录取通知书后，瞬间被班长踢出了班级群。

乍一看，好像是这个班长莫名其妙地胡乱踢人，然而这出闹剧的背后，其实另有隐情。

据郭女士的同学爆料："她整天在班级群里发自己女儿的事，不是学习照，就是成绩单。这次，她不仅发了一张女儿的清华录取通知书，而且还配上了这么一段话：'清华的录取通知书就是大气！'班长会踢她，也是顺应民意了！"

事后，郭女士还愤愤不平地质问班长："我只是晒了女儿的清华录取通知书，凭什么踢我出群！"结果发现，自己已经被对方拉黑了。

据说，班长的儿子今年也参加了高考，但是发挥得非常一般。

这件事，网友们几乎一边倒地支持班长："这是班级群，还是

你的炫耀群？”“不知道班长正难过吗？还在人家伤口上撒盐？”“女儿智商这么高，当妈的情商这么低？”

如果要我做个评判，我觉得是班长错了——怎么踢这么晚？

换作我是班长，早就把她踢到西伯利亚去了！

你永远都不知道一个突然爆发的人，其实一直对你一忍再忍。

02

班长为什么会生气？

自己的孩子没有考上理想学府，这时候看到别人家小孩的喜讯，难免会恼羞成怒，这是浅层原因。

而更深层的原因，则是自己多年的教育成果被同窗同学碾压，班长的自尊心受到了强烈的打击。

有人说，这不是见不得身边人好的“阴暗心理”吗？

是的，“见不得身边人好”确实是一种病，问题是，这病，我们正常人都有。

同一个部门的小张，年纪比你小，晋升却比你快，不气人吗？

你的闺密，比你丑比你矮，找的男朋友神似王力宏，不气人吗？

隔壁老王，一个月炒股赚的钱，比你半年搬的砖都要多，不气人吗？

“见不得身边人过得比自己好”，这种心理真的再正常不过了，无可厚非。

就西门君而言，说句实在话，我也不希望同班同学混得太牛，显得我跟个 Loser 似的。当然，也别混得太惨，这也是发自肺腑的话，毕竟找我借钱也是很烦的。

话说回来，“阴暗心理”固然不讨喜，但更不讨喜的，还是那些为装 × 而装 × 的人。

田朴珺在《奇葩说》上就曾有一句被人诟病不已的话：“今天这个社会，但凡能活得让人嫉妒，就别活得让人同情。”

说来，不得不佩服高晓松老师接过的话茬儿：“但是如果能活得让人喜欢，就不要活得让人妒忌。”

这句话的绝妙之处，不只是对仗工整，更是它道出了为人处世的哲理——

炫耀也许会让你获得一种低阶的心理满足，但同时也会招来妒忌和不必要的麻烦。赢了虚荣，却输了人心，实在不值当。

03

中国台湾作家刘墉曾说过：“失意人前，勿谈得意事。得意人前，勿谈失意事。”

之前听说过一个新闻，一位中年男人在朋友丧子的葬礼上，逢人便分享儿子升迁的喜讯，结果被“暴打出门”。

你不分场合和时机炫耀的样子，真的很丑。闷声发大财，不好吗？

自己的女儿考上清华，这固然是值得庆贺的事，但是这份喜悦，完全可以用更含蓄的方式去抒发。

比如，发完清华录取通知书的照片，再补发一个大红包。毕竟“拿人家手短”，同学们再不爽也不会和钱过不去的。

或者，压根就别主动说，等同学们聊起孩子的高考成绩，再轻描淡写地说一句：“她上了一个还不错的学校……忘了，好像是清华吧。”

看看人家王健林是怎么吹嘘自己的：“我先订个小目标，比如赚它一个亿！”

最后，心疼一下郭女士的女儿，“妈妈炫耀清华录取通知书结果被踢出群”的阴影，这大学四年恐怕是挥之不去了。

自己没情商，丢了自己的脸不说，还拖累了孩子的口碑，典型的“坑娃型母亲”。

虽然西门君尚未成家，可能在教育方面没有什么话语权，但是这句话，我一定要和各位已为人父母的朋友说——无论你的孩子在你心里是多么金光闪闪的主角，在别的家长眼里，他不过就是个精致的龙套而已。

“高考不是唯一的出路！”“呵呵！”

01

今年高考结束后，我第一时间就询问了远房堂妹发挥得怎么样。

“还行吧，英语挺简单，数学有点难。”她发来一个吐舌头的表情。

“那上浙大还有戏吗？”

“能上最好，不能上也无所谓啊，浙江好学校这么多……”

她淡然的语气让屏幕这端的我愕然了一会儿。我依稀记得两年前，她斗志昂扬地和亲戚们宣称，大学非浙大不上。

堂妹的爸爸在群里发话了：“只要琴儿开心，她上什么学校我和你阿姨都支持！”

这份“开明”的教育理念，让我陷入了沉思。

每年高考前后，总有媒体大肆鼓吹“高考不是唯一的出路”“不是名牌的大学也蛮好的”之类的言论。这固然是一种思想的解放，一方面打破了画地为牢的“名校思维”，一方面也鼓励年轻人高考失利后不要气馁，可以尝试创业。

然而，事物都是有双面性的。当一个人退路多的时候，他的干劲必然会大打折扣。

“既然高考不是唯一的出路，那我那么拼命地寒窗苦读干吗？自己开店当个老板过过小日子不是蛮好的吗！”

如果未来我儿子说出了这番话，我非但不会感到欣慰，而且还会感到心寒和恼怒。

拜托，父母呕心沥血供养我们上学，不是让我们去考场上遛弯的。

02

不知道从什么时候开始，捧名牌大学的思潮开始逆转，谁如果还高调宣扬名校优势，一定会被舆论狠狠地嘲讽：“都什么时代了，人各有所长，北大清华的毕业生又如何？”更有无聊者，会把念错字的北大校长拖出来批判：“校长会把‘鸿鹄’念成‘鸿浩’，北大也不过尔尔！”

回想我们自己或父母小时候，清华北大可是连想都不敢想的梦啊！

那么，名校在这个时代的优势真的荡然无存了吗？当然不是。

“名校”之所以为“名校”，肯定在某些方面比普通大学要有优势，比如师资力量、教室器材、学校环境、品牌价值、校友资源……

如果说你觉得这些都是虚无缥缈、不值一提的东西，那我们提一个实际的“名校效应”——名校出来的毕业生，不仅会受到用人机构的疯抢，而且工资也会比普通大学生至少高出百分之二十。

当然，你可以说你不在乎，或者拍拍胸脯道："我比他们多努力百分之二十不就好了！"可是你别忘了，名校出来的学生，比你多努力的又岂止是百分之二十。

我一个在浙大的朋友，读书的时候叫他吃饭根本约不出来，因为他不是在实验室就是在做报告。有一次我忍不住吐槽："你为啥这么拼命？凭你的履历，进阿里巴巴压根没问题。"

他的回答令我印象深刻："如果我不努力，就算进了阿里，恐怕也会成为同班同学的手下。"

那句鸡汤怎么说来着？"那些比你优秀的人，比你还要努力"，更可怕的是，这些人还各种暗示你，你努力也没有用。不过最可怕的，是你居然还信以为真。

03

关于高考这个话题，有一个读者留言说，她两年前放弃了高考，自己开了一家服装店。客观来说，她的这家店利润还算是不错，至少经济上不用她父母操心了。

"为什么不想接着读书呢？"我问她。

"因为不是读书的料，哈哈。"她耿直地回答。

"放弃高考，这两年你后悔过吗？"

"怎么说呢，后悔谈不上，只是有时候忍不住会猜想，如果我当时上了职业技术学校，毕业后出来开店会不会更加得心应手。"

可是，人生并没有这么多的“如果”。在我看来，上大学其实是给自己的人生增加一些可能性和竞争力。你当然可以选择不读大学，尽早创业，但是希望你明白，你读了大学之后，人脉、资源、眼界等完全不同。等到万事俱备，再胸有成竹地去创业不好吗?

我非常厌恶“名牌大学没有什么特殊之处”论调的原因是，它无差别地抹杀了许多人的努力。

许多人奉清华北大等名校为理想殿堂，勤勤恳恳地寒窗苦读，就是为了有一天可以出人头地。

而你却说“学校并没有好坏之分”，对不起，这是在侮辱所有追梦的学生。学生也许没有优劣之分，但是学校有。别人可以欺骗你，但你不应该自欺欺人。

我浙大在职研究生的班里，有一个三十多岁的大叔，我问他为什么突然想来进修自己，他是这么回答我的：“我以前读的三本大学，大家都不怎么爱学习，现在终于有机会接触到名校。我要磨砺自己，不然我会抱憾终身。”

有些人即使高龄仍然想成为更好的自己，而你却在年轻的时候舍弃了这个机会。人生如棋，落子无悔，一步错，步步错。

是的，也许高考不是唯一的出路，但恐怕是你最好的出路。

第十章

我的才华不是拿来取悦你

人生太短，我没空辜负你，也没空取悦你。

——西门君

外卖小哥哭着求我别打差评，被我拒绝了

01

作为自由职业者，我每天最头疼的问题就是五个字："中午吃什么？"

还好，我不是一个选择恐惧症特别严重的人，所以很快就做出了决定——牛肉汤粉。

然后，我就开始了漫长的等待。

我下单的时候是十一点，如果正常的话，十一点半也差不多该送到了，可是到了那个时间点，半个人影都看不见。

起初我觉得，配送迟到一小会儿，很正常。但是等到十二点半的时候，我开始有点不爽了，立马拨通了外卖小哥的电话。对方一边道歉，一边强调"在路上了"！

我的第一反应是，一般说这话的，都是刚出发。

后来终于给我等到了，一看时间已经到了两点多，我整个人已

经饿得前胸贴后背了。接过外卖的时候，我发现汤居然还撒了一小半出来。

“真是不好意思！在之前那家发生了一点不愉快，然后您的小区也比较绕，耽误您的用餐心情了！抱歉抱歉，希望您不要打差评啊！”

外卖小哥做出双手合十的致歉手势，眼角流着不知是汗水还是眼泪的液体。

“辛苦了，但是这个差评，我该给还是给。”我义正词严道。

外卖小哥抿了一下嘴巴，垂下眼眉，讲了一句“祝您用餐愉快”之后，悻悻地走了。

看着他跌跌撞撞的背影，我按捺住心酸，点下了“差评”的按钮。

希望他不会怪我。

02

一个差评对于外卖人员的影响，我听说，轻则罚款，重则开除。还记得之前有个外卖小哥在雨中痛哭的视频吧？看得人那叫一个揪心。

大家都同情服务行业不容易，所以几乎没有给差评的习惯。可是，西门君一直有个观点——不分青红皂白地同情，其危害猛于虎。

拿外卖行业来说，差评或者好评这个反馈制度的必要性不言而喻。

它让背后的公司知道自己的运转系统哪里做得好，哪里做得不好，以便去改进和完善。

如果每一个消费者都不愿意去打差评，或者总是昧着良心打好评，那这家公司就难以发现自身的问题，这将会导致严重的“蝴蝶效应”。

打个比方，假设今天这个外卖小哥没有收到我的投诉，他就会心生侥幸，胆子越来越肥，别说洒一勺汤了，以后他把汤丢了都敢骗你说牛肉粉是干吃的。

今天我为了打差评，不得不扮演了一次“恶人”，但是这种“恶”，某种程度上正是“善”。

因为我的谏言，外卖平台改善了运转机制，外卖小哥提高了服务质量，许多人会因此免受挨饿之苦。

说到饥饿，这也是我会狠下心的原因——你啥时候惹我不好啊，偏偏要在我饿的时候惹我。

人处于饥饿状态的时候，身体和情绪都蒙受着折磨，这不是赔偿就能了结的事。

何况，如果因为你的迟到导致我来不及吃饭，影响了下午谈客户时候的状态，这件事谁来负责？给违反规则的外卖小哥打差评，是对他造成消费者损失的应有惩罚。

当然，惩罚本身不是目的。打差评的目的是鞭策他、警醒他，在他的头上悬一把达摩克利斯之剑。

03

有人可能说，规则是死的，人是活的，外卖小哥会送餐迟到，肯定不是故意的。

这话乍一听是对的，可是禁不起推敲。

不论是哪个行业，犯错就是犯错，他人不可能因为你的错误是无心之举，就对你宽宏大量。

如果今天我们对外卖小哥的过失网开一面，以后我们需要原谅的事，多了去了。

接你的滴滴司机说，绕路是因为导航问题，你笑着说“没事”。

你的菜里有虫子，服务员说不声张的话打五折，你笑着说“好的”。

保姆打碎了你家的古董，那一刻，你终于发现自己没法原谅了。

因为你发现自己压抑太久的怒火，已如同火山迸发般不可遏制了。可是，这枚恶果，正是由当初你亲手埋下的种子长大而成。

你一次次的宽容，让所谓的反馈机制形同虚设，让整个评论区真假难辨。长此以往，劣币迟早会驱逐良币。

坏人的出现，可能并非是出于自己的堕落，而是好人的纵容。

我可以接受外卖小哥的道歉，挨着饿微笑说“下不为例”，但是这个差评，原谅我非打不可。

我支付了金钱，你犯了错，就理应受到惩罚，因为你违反了契约精神，而“契约精神”，正是我们社会赖以生存的根基。

你被我投诉了，很憋屈，心里大骂我是混蛋，这些我都欣然接受。但是我希望你明白，今天我对你的“残忍”，正是我对你最大的温柔。

想一想你那些风雨无阻，准时准点送达的同行，如果今天我放过你一马，他们的勤恳还有什么意义呢？

对方做得好，你就给好评，对方做得不好，你就给差评。实事求是，不好吗？

不要让你泛滥的同情心以及伪善，成为那颗破坏社会秩序天平的锈钉。

被“娘炮”毁掉的中国男人

01

自从央视《开学第一课》用了几位阴柔的小鲜肉作为节目嘉宾后，社会关于“娘炮”的讨论甚嚣尘上。一篇“把这些娘炮当成‘四害’除了吧”，更是直接拉开了网友和大 V 们之间的口水战。

文章的作者喊出了“少年娘则国娘”的口号，认为“娘炮”的出现是社会的倒退。如果不将其扼杀在摇篮里，一定会腐蚀青少年的身心健康。

而以“新世相”“雷斯林”“Sir 电影”为代表的自媒体大 V，则纷纷为“娘炮”的尊严而摇旗呐喊，认为社会应该崇尚包容。

对吗？都有点道理。错吗？都有点片面。为了避免你们觉得我是在和稀泥，先亮出我的观点吧——“娘炮”值得被尊重，但不值得被推崇。

02

今年世界杯，法国4 ：3淘汰阿根廷的时候，有一张姆巴佩和TFBOYS的对比图流传甚广。

那张图想要表达的意思很明显，差不多的年纪，欧美的少年阳刚之气溢出屏幕，“我们”的少年却是阴柔之气愈演愈烈……

当然，我们理性去分析那张图，会觉得荒诞不已——大家领域、国别、生活环境不同，怎么可以拿来比较？何况，欧美也有娘娘腔，中国也有铁血硬汉啊。

那为什么这张图当时就刷屏了呢？

西门君的猜想是，随着社会的进步，人们对男性的逐渐阴柔化产生了困惑和焦虑，为了回避这种困惑和焦虑，我们干脆选择全盘否认，一了百了。

注意，我这里说的是“阴柔化”，不是“娘”，两者是不一样的。我个人理解，“娘”是“阴柔”的究极进化体。

我们在讨论“娘炮”现象该不该被遏制的时候，其实是在探讨一个困扰了人类几千年的问题，那就是——男人到底有没有资格（或者说叫必要）和女性一样柔美？

这个问题如果放到晋代，一定会被当成一个笑话，因为那个朝代的男人，都很娘。

据《世说新语》《汉书》《魏书》等史书记载，当时的男性“敷粉”（相当于化妆）、“熏衣”（相当于喷香水）、“服五石散”（相当于服用保养品），其中的代表人物就是大书法家王羲之，“飘如游云、矫若惊龙”，走起路来，屁股一扭一扭的，活脱脱像个青春期的小女生。

为什么后来这种潮流逐渐消失掉了呢？

我个人猜测，是战争的原因。当那些野蛮的民族打过来的时候，如果国家抓来的壮丁个个身娇体柔，这仗还怎么打？

回到现代来看，“少年娘则国娘”确实是有一定道理的。你脑补一下，如果在士兵训练营里，一位俊秀的少年大喊一声：“啊！人家快被热死了啦，讨厌！”这是怎样滑稽的画面？

看到这里，你可能会反呛我一句，军人怎么可能会娘呢？呵呵，这就是大多数鼓吹“娘炮合理化”的人的矛盾之处，一方面他们认为每个男人都有娘的资格，一方面他们却又接受不了某一类群体是娘炮。

03

不知道从什么时候开始，强行为少数或者弱势群体发声，成了不少自媒体大 V 的“必修课”，仿佛采取这样的行为，就像是完成什么英雄壮举似的。我不排除其中的无私性，只是想弱弱地问一句：大家有没有想过某类人群之所以稀少，背后的原因是什么？

就以“娘炮”现象为例，为什么我们大多数人接受不了男人翘兰花指，讲话发嗲，走路扭来扭去？

很简单，因为他们让我们不舒服啊，这才是我批评“娘炮现象”的原因。

当年让小沈阳一举成名的小品《不差钱》里，小沈阳穿着苏格兰裙子，操着阴阳怪气的口音，让人留下了极为深刻的印象。说这个服务生的形象很娘，恐怕没有争议吧？

这个角色的经典之处在于，他一边硌硬着人们，一边却又让人们觉得荒诞可笑，就像是小丑一般，妆容怪诞，但是动作滑稽，人们也就一笑了之了。

问题在于，小丑就应该待在马戏团里，那才是他的归身之处。你说大晚上走在路上看见一个小丑，能不吓得魂飞魄散吗？

“娘炮”也是一样的道理，那句话怎么说来着，“娘不是你的错，出来恶心人就不对了”，话糙理不糙。你化妆，我忍；你模仿女性的动作，我忍；你化妆又模仿女性的动作，还想让我为之喝彩，对不起，我忍不了！

一种文化能够流行的前提之一，就是要让人舒服。就像“丧文化”一开始也是颇具争议，可是现在已经渐渐成为新生代的自嘲标配了。

最后再说一句，我尊重每一位“娘炮”，你想成为他们中的一员，那就去吧。但是于我而言，我更想成为阳刚的男人。这并不是出于歧视，西门君只是觉得，如果连男人都没有男人的样子了，那……这个世界还要男人干吗？

下一个被封杀的“温婉”，也许就是你和我

01

温婉被封杀后，朋友圈一片叫好之声。而我，不幸又沦为了唱反调的异类。

简单科普一下，这个叫“温婉”的姑娘，她在抖音里跳了*Gucci Gucci Prada Prada*（古驰和普拉达）的舞，涨粉三百万，视频点击量更是达到了令人瞠目结舌的千万级。

然而她刚上热搜没多久，其抖音号就被查封了，就像是昙花一现的流星，火得快凉得也快。

那么问题来了，温婉为什么会被封杀？

有人说，很简单呀，网友们都“爆料”了——温婉原名许静婉，多次整容，十七岁辍学泡吧，私生活混乱，谈了N个有钱的男朋友，社会影响极其恶劣。

可是，网上的消息真假难辨，凭借道听途说和只言片语就去盖棺定论，真的合适吗？

退一步说，就算温婉真的如爆料所称的那么“不堪”，我们也没有资格用舆论去抹杀一个人。

英剧《黑镜》里最让我背脊发凉的一集是“全网公敌”，讲的是每天在推特上被标签‘去死’最多的人将成为“全网公敌”，二十四小时内会被高科技的杀人蜂蜇死。

舆论可以杀人？不一定，但一定可以诛心。

02

当然，作为一个不知名的 KOL（意见领袖），我必须澄清一件事情——无论怎么为温婉发声，但辍学、蹦迪成瘾、傍大款都是西门君所不齿的。

只是，我们有没有想过，是她心甘情愿在抖音上曝光这一切的吗？就我看到的而言，她也不过就是在视频里经常摆出蹦迪的样子，仅此而已。

很简单的道理，我在网上展现出的形象，凭什么要被我不那么美好的私生活所牵累？

诚如王尔德所言：“每个圣人都有不可告人的过去，每个罪人都有纯洁无瑕的未来。”

当年轰动一时的“艳照门”事件，几乎给陈冠希的演艺之路判了死刑。可为什么那个曝光照片的人就可以免受制裁了呢？

究其原因，人的内心都是猎奇的，只要我看到我想看的，骂我该骂的，其他的，管它作甚！

回到“温婉被封杀”事件，几乎没有人觉得侵犯他人隐私权和名誉权的爆料者应该受到惩罚。

不奇怪，我们把所有的力气都用在了骂温婉上。

我问一个转发“温婉的抖音，封得好”一文的朋友：“你真的认识温婉吗？”她的回答令我记忆犹新：“不认识。可是我看这篇文章抨击得有道理，就转了，怎么了？”

我无言以对。

03

知乎上关于“温婉该不该被封杀”的讨论帖里，我看到这么一个观点：“温婉错就错在十七岁这个该读书的年纪去蹦迪。”

有没有道理？当然有。只是，如果我们以此类推的话——十八岁到二十一岁要读大学不应该蹦迪，二十二岁到二十七岁要努力工作不应该蹦迪，快三十岁……你还好意思蹦迪吗？

得出结论，在哪个年纪都不应该蹦迪。

当然，这个纯属调侃。老实说，如果我女儿十七岁的时候背着我去蹦迪，我也会恼怒的。

只是，有没有那么一种可能性，我们不要用社会主流的价值观去苛责所有人？

今年《奇葩大会》令我印象最深刻的一次宣讲，其中一段是这么说的：“我们总是把‘应该’挂在嘴边，什么你应该好好读书，应该找个对象，应该踏实工作……可是，冷静想想，这世上哪来这么多的‘应该’？”

将心比心，你十七岁的时候，假如一群陌生人突然冲到你面前说：“喂，你这个年纪，应该好好学习天天向上！”是不是简直莫名其妙？我在什么年纪想做什么，关你什么事啊！

如果我没有记错，“温婉的抖音，封得好”那篇文章里还提到，“如果没有人再去做科学家，我们的国家还怎么强大呢？”

弱弱地说一句，作者是不是有点操心过头了？一个和谐的社会，应该崇尚包容。你想当科学家，我尊重你，我想当网红，我也希望你可以尊重我。

然而，太多人对“网红”两个字有偏见了，下意识觉得她们都是整容脸，爱慕虚名，以榨取老男人和宅男的钱财为乐。这种以偏概全，一棍子打翻一船人的想法，是典型的“刻板印象”。

我有一个做直播的朋友，每天在镜头前至少要保持六个小时的微笑，晚上还要熬夜想第二天表演的内容，导致皮肤越来越差，然后只能盖越来越厚的粉……长此以往，恶性循环，我现在看到她的样子特别心疼。

三百六十行，每个行业都是不容易的，没有谁比谁高贵，也没有谁比谁低等。

当我们叫嚣着“温婉该封杀”的时候，有没有设想过，也许有一天你好心扶了老奶奶，结果却因为被网友挖出“读书时候偷过半块橡皮”而被人人喊打。

社会学家说过一句话：“不要成为沉默的帮凶。”可是，我们更不应该成为舆论的帮凶。

不然，下一个被封杀的“温婉”，也许就是你和我。

对不起，我为自己不追热点的冷漠致歉

01

2017年和2018年，注定会成为在新闻史上具有里程碑意义的两年。

闹得沸沸扬扬的“江歌案”“红黄蓝事件”“毒疫苗”风波等，刺痛了无数中国人的内心。

这些新闻的背后，奔波着一群忙忙碌碌，目的各不相同的自媒体人。他们在用文字、声音和视频为受害者发声，践行着自己心目中的正义与公道。

与之相对的，我就显得格外“不合群”了。

我不关心被害者？当然不是。只是每次有负面新闻被爆出的时候，我会本能地远离舆论旋涡，不让自己夹杂其中。

因为在这个“后真相时代”，孰真孰假，不到最后一刻，谁又能盖棺定论？

然而，去年“红黄蓝”事件爆发的时候，我还是收到了一个读者的“灵魂拷问”：“就连几个金融号都在为红黄蓝事件发声，可媒体人出身的你，居然毫无动静？也太冷漠了吧！”

我特别想回答他“因为懒”，但是当时实在懒得打……等到我酝酿好语言发过去的时候，发现对方已经取关了。

唉，想和这位粉丝说一句“对不起”，我要为自己从不追热点的冷漠致歉。

02

有人调侃，这是一个“健忘”的时代——豫章书院被揭丑之后，无人再提起携程的虐童事件。“江歌案”爆发后，豫章书院的丑闻不了了之。后来“红黄蓝”事件发酵了，又没人关心“江歌案”的后续了。

在我看来，与其说是“健忘”，不如说是人类擅长“选择性遗忘”。

当全民都在讨论“红黄蓝”事件的时候，你跳出来说“携程罄竹难书”，绝对没多少人会理你，那是多么自讨没趣的一件事呀。

于是你眼珠一转，转念一想，雀跃地加入声讨“红黄蓝”的队伍里。

之前有一个不太熟的女网友在朋友圈发了一张自拍，配上了这么一段文字：“居然连孩子也不放过，红绿蓝的人简直禽兽不如！”以至于我只能哭笑不得地纠正她说：“姐姐，是红黄蓝……”

说时迟那时快，她迅速重发了朋友圈，将文字改成了“红黄蓝”。底下的那张四十五度仰望天空的自拍，依旧那么美丽动人。

说实话，很多人在网上口诛笔伐的时候，其实压根连事件的具体情况都没有弄清楚。但是为了不脱离大部队，他们转发时的口号喊得特别义正词严，生怕别人不知道自己是个好人。

之前的江歌案，多亏了各路大V的笔耕不辍，人们才看清了江歌闺密刘鑫的真面目。江歌若泉下有知，应该多少会感到慰藉吧。

但是正如《蜘蛛侠》里的那句经典台词一样，“能力越大，责任越大”。这种非比寻常的号召力，同时也是把双刃剑。

比如某自媒体女王号召粉丝“为江歌母亲签名判犯罪嫌疑人死刑”的举动，就在网上引起了巨大的争议。

用我研究生同学的一句话说：“凭什么我们用几个字就决定别人的生死？审判犯人那不是警察的职责吗？”

没错，舆论应该是正义的定心丸，而不应该成为正义的刽子手。

03

每次身边有朋友问我，“为什么突然想去读传播学研究生”的时候，我总是玩世不恭地回答：“因为读出来是浙大的文凭，牛啊。”

这当然是玩笑话了。真正的原因是，我希望在所谓的“真相”面前，尽可能保持冷静的头脑。

你想想，这两年反转的新闻还少吗？譬如当年的“罗一笑”事件，罗父利用人们的善意筹款，结果被人扒出有恶意营销的嫌疑，不得不退还了善款。

我们有时候明明知道真相尚未水落石出，“反转”的概率十有八九，却仍然倾向于支持网上的“真相”，为何？

勒庞的代表作《乌合之众》也许可以给出答案：“群众没有真正渴求过真理，面对那些不合口味的证据，他们会充耳不闻。凡是能向他们提供幻觉的，都可以很容易地成为他们的主人。”

人类最大的问题，是我们只想听自己相信的事，没人真的关心真相。

04

每次有社会新闻被爆出，就会有拥趸者、反对者和质疑者三方势力的出现。

拥趸者、反对者不必解释，而作为第三方的质疑者，总是被人诟病，冠以“和稀泥”“老好人”之类的称呼。

如果说拥趸者和反对者是舆论天平的两端，那质疑者就是中间那块平衡的铁块。

正是因为有绝对冷静、绝对公允的质疑者的存在，我们的社会才不至于陷于“非左倾便是右倾”的危险境地。

西门君写下这篇文章，就是希望那些具有号召力的意见领袖，如果可以，做一位不偏不倚的质疑者，而非狂热的拥趸者，抑或激烈的反对者。

最后，我还是要为自己的冷漠致歉。我也在乎毒疫苗的处理方式，江歌案的审判结果，“红黄蓝”事件的真相，但是比起这些，我更关心客户下个月有没有单子，爸妈身体的健康，以及为什么喜欢的女孩子不回我的微信。

所以……你可以原谅我的一身俗气吗？

你长大可别去发传单，没出息

01

离家不远的一座天桥，是我每次去电影院的必经之路。虽然有点偏僻，但是卖艺的、乞讨的、发传单的人却总是络绎不绝。

昨晚我一个人看完电影，在桥上走着，一边回味着刚才的剧情，一边婉拒着各种传单。发传单的是一个二十出头的姑娘，皮肤略黑，扎起的马尾很有校园气息。

“健身瑜伽了解一下呗。”

“不用了，谢谢。”

我插着裤兜往前走，无意间听到一位女性的低语：“儿子，你长大可别去发传单，没出息！”

说完，她将传单一折，随手丢在了地上，然后牵起了一个五六岁孩子的手。

我瞥了一眼，她差不多三十岁出头，打扮很时尚，LV 的包在夕阳下闪着光。

我下意识地回头看了看发传单的姑娘，她似乎并未听见什么，依旧机械却热情地干着手头的活。

不知怎么的，我莫名替她感到不公。

02

《一个人的村庄》里有一句话是这么说的："人最大的毛病，就是爱以自己的喜好度量其他事物。"确实如此，这个社会总有一群人以莫名的阶级优越感自居。他们仗着自己收入颇丰，位高权重，动不动就趾高气扬，睥睨天下。

我上周末参加了一个互联网沙龙，结束后有一位刘先生提出说他来组饭局，我们欣然前往。

一开始我对刘先生的印象特别好——西装革履，气质儒雅，一看就是成功的企业家模样。

然而，轮到我自报家门的时候，着实尴尬了一下。

"刘总您好，我是做自媒体的……"

"哦，蛮好的。这位美女呢？"他听到我的背景后，快速打断了我，把头别向了坐在我旁边的姑娘。

这意思，不就是摆明了看不起我的工作和资历吗？

说实话我当时很不爽，毕竟之前的几位都说了不下五分钟。不过转念一想，和席上其他几位前辈比起来，我确实算是初出茅庐。"罢了，忍忍吧！"我在内心这样规劝自己。

不料十分钟后，刘先生的一番言论又触到了我的怒点。

“服务员，大闸蟹还没有上吗？都过了多久了！”刘先生一边拍着桌子，一边破口大骂。

“刘总不好意思，我这就去催……”

“催催催，每次问你们都是这个回答！”

服务员弓着背，不住地道歉。那姿态，让人看得实在心酸。

可菜上得慢，是他的错吗？

我的朋友和我说过一句话：“一个人的素质，从他对待服务员就可以看出来。”

确实如此。一个人的品性，与他从事哪个行业、受过什么教育、处在哪个阶层有关系，但并不是正相关的关系。文盲照样能出圣人，高知也有可能沦为败类。

刘先生光鲜亮丽的皮囊之下，那份灵魂着实萎缩得可怕。

03

社会的各行各业，到底有没有三六九等？

如果你极力否定，那一定是在自欺欺人。这么多人挤破头想当高管做大官，不就是因为“人往高处走”吗！

不过，行业也许有贵贱，从事者可没有。用我在北京工作的学长的话说：“大家在澡堂里都是一丝不挂的，你月收入几万又能怎样，也不就是让大爷多搓几次！”

当然，我们无法否认的是，每个社会都有一帮相对底层的人，干着最累的活，拿着微薄的工资，还受尽了白眼。

如果你有心留意，就会发现“快递小哥被打”“服务员被泼热水”之类的新闻屡见不鲜。

某次填写快递单的时候，我和快递员闲扯，问他一个月收入怎么样，能不能自给自足。

“一个月正常的话，赚个五千还是可以的！”他憨笑地回答我。

“那蛮好的！”

“但是，”他突然又一脸愁容道，“遇上天气不好导致延误，或者路途颠簸把货物弄坏，客户投诉起来，我们扣起钱来也是很凶的，唉。”

我默然和他告别，转头就给了一个五星好评。

俗话说，“勿以善小而不为”，其实我们要给予世界善意，真的不难。

下了滴滴的车，主动给司机一个五星好评；银行离柜的时候，满意的话，顺手摁一个满分；服务员上完菜后，微笑说一声“谢谢”；路边收下别人发的传单，走到对方看不见的街角再丢掉……

我们可以优哉游哉享受生活的背后，是服务业从事者在看不见的角落忙碌着。

“你觉得生活轻松，是因为有人替你承担那份艰辛。”他们值得被这个世界温柔以待。

04

如果有人问我："西门君，既然你觉得三百六十行，行行出状元，那你以后的小孩去当服务员，你会反对吗？"

对此，我的回答是："如果他在权衡利弊后仍打算去做服务员，我不会阻止。只要能为社会做一份贡献，这份职业就是值得尊敬的。"

这并不是刻意在弘扬社会主义价值观，只是我窃以为，只有每个工种各司其职，这个社会才会平稳且高效地运转下去。一个社会需要总理，同样也需要清道夫。

真的，没有必要去仰慕或者鄙视任何职业，大家都不容易。

外卖小哥会因为打翻了一盒菜痛哭不已，职场精英也会因为上司无端的迁怒一蹶不振。

那句电影台词怎么说来着，"成年人的生活里没有'容易'二字"。

唯有互相包容，天下才能大同。

05

我正准备走下天桥，那位三十岁出头的女性突然惊呼起来。我回头一看，那个小男孩挣开了她的手，捡起传单，跑向了发传单的姑娘，整个过程一气呵成。

"姐姐，妈妈说她不需要这个，所以我拿来还给你。"他清脆的童声，划破了空气。

他的母亲木立在原地，脸红得像拌了辣椒酱的猪肝。

我月收入五位数，不敢承认自己是自由职业者

01

自打我专职做自媒体以后，每晚家里的饭桌上总有一丝尴尬的气息。

原来我爸妈还会关切地问："儿啊，最近工作如何？"而现在，他们为了和我多一些共同话题，只能聊一些无关痛痒的娱乐八卦。

他们问得漫不经心，而我则答得虚与委蛇。

有时候，当他们抱怨下属的无能或者学生的调皮时，我只得埋头吃饭，不敢发言。

因为我是自由职业，体会不到他们职业生涯的苦恼……这太让人如坐针毡了！

不过最让我窘迫的，还是昨晚我爸打电话时的所言所语："老蒋啊，你最近咋样？我儿子？还行啊，他还在电视台工作呢，你儿子呢？"

可事实上，我已经从电视台辞职快三年了。

我想起前段时间，妈妈在家族群开玩笑说：“自从我儿子辞职后，我都不好意思找同事提相亲了，哈哈。”言者无意，听者有心，说实话，我的内心挺受伤的。

从上一份工作辞职之后，我一直不敢对外承认自己是自由职业者，生怕别人说我游手好闲。

可是，就像马薇薇说的那样：“追求自由的人，其实要担最大的责任，选别人少走的路的人，要背负最沉重的枷锁。”

我们，真的比你们想象的还要努力。

02

当自由职业者很“非主流”吗？恰恰相反，未来，职业自由化将会是社会分工的主要趋势。

以美国为例，20 世纪 90 年代时，“自由职业者”还是一个陌生的概念，可在 2004 年至 2014 年这十年间，它增长了五倍。

截至 2016 年末，美国有超过五百三十万的自由职业者，每三个美国职场人中，就有一个是自由职业者。

而中国这边呢？领英数据显示，在中国自由职业者中，年龄在三十岁以下的人数占到总人数的七成。另外，中国自由职业者人数在年龄分布上呈现出“年龄越大，人数越少”的特点。处于三十至四十岁的自由职业者在总人数中占比为百分之二十四，而处于四十一至五十岁之间以及五十岁以上的自由职业者数量分别仅占总人数的百分之十三和百分之二。

简而言之，“自由职业”逐渐成为年轻人的首要选择。理由倒也不难推测，引用知乎上一位网友的回答：“做自由职业者，不用朝九晚五，不用两点一线，无须西装革履，自由与赚钱兼顾，可谓人生一大快事。”

尽管如此，人们依旧对自由职业者有三大误解。

第一，自由职业者都是公司唾弃的人。

很多时候，自由职业者选择不坐班，并不一定是业务水平不行，归根到底是理念或者薪酬待遇跟公司谈不拢，无所谓谁对谁错。

有业务水平差劲所以被迫去做自由职业的吗？有，但是不多。更多的，还是觉得既然未来不想为他人打工，何不早点出来单干？与其说是公司不要他们，不如说是他们不需要公司。

第二，自由职业者都是啃老族。

不知道别人是怎么样的，反正我每个月除了还花呗和房贷，还有一部分剩余，我都会拿来带爸妈出去吃香的喝辣的。

别因为一粒老鼠屎就坏了一锅粥。“啃老”的那不是自由职业者，而是不务正业的无业游民。

第三，自由职业者都很游手好闲。

不废话，晒一下我的日程表——早上，不赖床；上午，看书和背单词；下午，写文章或者在我的社群做干货分享；晚上，出门社交或者去健身房，不熬夜。

我有些自由职业的朋友，则是晚上熬夜做项目，早上睡到自然醒。

两种作息无所谓孰优孰劣，只要能掌控好劳逸的节奏即可。

撇去这些误解，我们冷静地想一想，如果不是因为单干比坐班赚的钱多，谁会傻乎乎地从事自由职业呢？

当你嘲讽着手机里的微商的时候，她们或许也正躺在马尔代夫的游艇上嘲笑你。

03

石黑一雄说过：“人的一生中总会有某个时刻，需要坚守自己的决定。一个说‘这就是我，这就是我的选择’的时刻。”我既然选择了这条路，自然有我的底气。

我捋了一下自己的收入来源，“公众号广告 + 读者打赏 + 稿费 + 付费课程 + 平台补贴”，月收入五位数应该还是没有问题的。可由于种种原因，我对此却感到喜忧参半。

喜的是，我终于过上了自己向往的生活，而且最近还刚刚签约做了旅游体验师，旅行写作不再是痴人说梦。

忧的是，依旧有太多的人对“自由职业”存有偏见。

我的一个女性朋友小琦，她是自由设计师，有一天她和男朋友艾伦出去玩，当别人问到小琦是做什么的时候，艾伦尴尬地一笑，回答道：“画画的。”

这时候，小琦已经有点面露不悦了。谁知道那个朋友嘴贱又多问了一句：“美术老师？”

艾伦挠了挠头说道：“不是，反正就是谁给她钱她帮谁画呗。”

结果那一晚，小琦就和艾伦提分手了。

“也许在他的眼里，我就是个不入流的无业游民吧。呵呵。”

我无法判定小琦是不是过度敏感，但是我或多或少可以理解她的感受。

比起收入不稳定的压力，得不到至亲之人的支持，才是自由职业者最大的痛苦吧。

04

其实，某种程度来说，自由职业者并不自由。因为你本身就是一家公司，只不过行政、销售、财务、苦力全都是你。

当你坐班不爽了，你可以大吼一声“老子不干了”，但当你成为自由职业者后，你没法辞职。

就像《未生》里说的那样：“将选择的瞬间加起来就是生活。”而我们，永远都没法逃避自己的生活。

我衷心希望，这个社会能够对我们更加包容。当我们说自己是自由职业的时候，听者会微笑着点头，而不是皱起眉头。

同时，我也想用刘瑜《送你一颗子弹》里的一句话，勉励各位自由职业者同行：“一个人就像一支队伍，对着自己的头脑和心灵招兵买马，不气馁，有召唤，爱自由。”

人生只有一次，无论是打工、创业还是做自由职业，活出自我就好。

后记

我这本书的书名，乍一看有些充满“戾气”——《我的才华不是拿来取悦你》，你一定很好奇，那西门君是要取悦谁？

答案很简单，我自己啊。

王尔德有一句名言：“爱自己是终身浪漫的开始。”这话放在我身上，再贴切不过了。

我一直坚信一个观点，人首先应当足够爱自己，有了余力，再去爱其他人。

如果你连自己都不爱，谁还会来爱你？如果你连自己都取悦不了，又谈何取悦他人？

我很欣赏的一位女演员梅丽尔·斯特里普，曾说过一段引人深思的话：“对某些事我不再有耐性，不是因为我变得骄傲，只是我的生命到了一个阶段，我不想再浪费时间在一些让我感到不愉快或是伤害我的事情上。对于愤世嫉俗，过度批判，与任何形式的要求，我没有耐性。我不愿去取悦不喜欢我的人，或去爱不爱我的人，或对那些不想对我微笑的人去微笑。”

人生太短，我没空辜负你，也没空取悦你。不过，倒也不代表我就不在乎你了。我很在乎你，只是我在乎的方式，就是“不在乎”。

读完我的这本书，你可能会觉得很“丧”，也可能会抱怨我字里行间流露出的“负能量”，但是在我看来，真正的负能量，是明知你不才，却仍然乐此不疲地鼓励你做英雄。

你接受了自己是个 Loser 的真相，你至少还是个有自知之明的失败者，可如果你执拗地认为自己是个天才，那对不起，你不仅是个失败者，而且还是一个悲哀至极的失败者。

身为庸才，我很抱歉。但是，那又何妨？做一个英雄固然伟岸，但是当一个小兵也不赖啊。

五月天的《笑忘歌》有一句歌词我很喜欢：“这一生只愿只要平凡快乐，谁说这样不伟大呢？”

最后，感谢那些在生命中帮助我的人，因为你们的鼓励，我才会在写作的路上一往无前。

至于那些看轻或者诋毁我的人，就甭想得到我的感激了。因为你们，不配。